KB211162

기다림 없는 슬픔

유태표 수필집

기
다
림

없
는

슬
픔

초판 발행 2024년 12월 16일
지은이 유태표
펴낸이 안창현 **펴낸곳** 코드미디어
북 디자인 Micky Ahn **교정 교열** 민혜정

등록 2001년 3월 7일
등록번호 제 25100-2001-5호
주소 서울시 은평구 갈현로 318-1 1층
전화 02-6326-1402 **팩스** 02-388-1302
전자우편 codmedia@codmedia.com

ISBN 979-11-93355-23-7 03810

정가 15,000원

기다림 없는 슬픔

유태표 수필집

내가 글을 쓰기 전까지만 해도 나에게 그림이란 밀레의 만종과 같은 것이었다. 나의 청소년 시절을 농경사회에서 보냈었는데, 그 당시 밀레의 만종은 사람들 모이는 곳, 미장원, 고급 음식점, 다방 등 벽면에 걸려 있었을 정도로 인기가 많았다. 그림의 배경이 농장이었고, 그 사실성을 사진만큼 정밀하게 표현한 것에 대해 감탄했었다. 그러나 칠십을 훌쩍 넘어 글을 쓰기 시작하면서, 나는 밀레의 그림들을 배신하고 빈센트 반 고흐의 그림들에 흥미를 갖게 되었다. 반 고흐의 그림에는 사실성보다 소재에 대한 느낌 또는 생각이 담겨 있어서 재미있다. 그 생각을 추적해 가면서 그림과 대화를 할 수 있고, 그 생각에 다가설 수 있는 매력을 지니고 있다. 내가 쓰는 수필은 글자 그대로 생각을 따라 쓰는 글이다. 내 생각의 단상들과 삶의 파편들, 그리고 그리움이 내 수필의 소재들이다. 고흐의 그림을 감상 하듯이 내 글을 재미있게 읽고, 그 여운이 길게 남는다면, 그분들에게 숨겨왔던 내 마음을 드리는 것이 된다. 내 글이 암울한 노년을 살고 있는 내 동무들에게, 마음의 고향이 추억되기를 빈다.

2024년 가을
유태표

Contents

Contents

3 ·················· **위대한 유산**

4 .... 당신을 향한 기도

슬픔이라는 넓은 도화지 위에 조그맣게
성취와 영광이 점의 크기만큼 그려져 있
는 것이다. 짧은 영광과 성취의 시간이 끝
나면 긴 슬픔의 시간이 기다리고 있게 마
련이다.

– 「슬픔에 대하여」 중에서

1부

기다림 없는 슬픔

살아있는 아름다움의 덧없음

'덧없다'라는 말은 무상하다는 말과 같은 뜻으로 쓰인다. '덧'이라는 말은 순수한 우리말이다. 사전적 의미는 '얼마 안 되는 퍽 짧은 시간'이라고 새긴다. 머무르는 시간이 아주 짧다는 뜻이다. 나뭇잎으로 말하자면, 5월 초순에 아름답던 푸른 잎은 하루 한 시간을 같은 모습으로 머무르지 않고, 시간이 흐르며 검푸르게 노랗게 붉게, 끝내 누렇게 변해 바람이 불면 길가에 떨어져 썩게 되는 것이다. 나뭇잎뿐이겠는가? 살아 있는 모든 것들은 생기면 멸한다生滅는 덧없음의 진리 앞에, 가을이 깊어지면, 왠지 서글퍼지는 까닭을 나이 든 우리는 대충 알고 있다. 불자들의 마음속에 새겨져 있는 삼법인三法印 중 제행무상諸行無常이란 게 이런 것이 아닐까?

내가 일본에서 근무할 때 이른 봄이 되면, 벚꽃이 만개할 즈음 직원들과 '벚꽃놀이花見'를 하는데, 우에노 공원에 자리를 잡기 위해 하루 전부터 전쟁을 치러야 했다. 도시락을 먹고 만개한 벚꽃을 감상하며 한나절을 보내곤 했는데 그때는 벚꽃이 그저 아름답게만 보였었다. 요즈음은 만개한 벚꽃을 볼라치면, 왠지 덧없고 불안해지는 마음을 감출 수 없다. 저러다 비바람 한번 몰아치면, 꽃잎은 어지러이 떨어져 길가에 나뒹굴게 뻔하고, 가지에 매달린 꽃잎조차 색깔이 바래, 아름다움이 스쳐 간 흔적조차 희미해질 것이다. "이보다 더 무상한 것이 있으랴. 벚꽃 지는 슬픈 세상이여." 8백여 년 전에 쓰였다는 일본의 와카和歌 중 한 수의 내용이다.

'천하의 모든 사람이 아름답다고 알고 있는 것을 아름답다고 한다면, 그것은 추할 수도 있다天下皆知美之爲美斯惡已.' 노자 선생의 아름다움에 대한 말씀이다. 만인에 의해 합의되고, 개념화된 아름다움은 추할 수 있다는 말씀이다. 아름다움은 멈추어 있지 않고 아주 짧은 순간 우리의 눈과 마주쳤다가 덧없이 사라진다. 인간들은 아름다움을 좀 더 오래 붙들기 위해 화장을 한다.

저가 쪽 조가 되는 애가 결혼한다고 예비 신부를 데리고 와서 이모들에게 소개를 했다. 소개 받는 자리에서 아무런 말도 하지 않으면, 분위기가 썰렁할 것 같아 한마디 해 주었다. "지금까지는 헤매며 살았지만, 결혼한 뒤에 사는 게 진짜 사는 거야." 나는 뒷말을 입 밖에 내지는 않았지만 이렇게 속으로 중얼거렸다. '지금은 서로 예쁜 말만 골라서 하고, 예쁘게 화장하고 절제된 스텝에 맞춰 예쁘게 춤 추지만, 무도회가 끝나면 욕망이라는 이름의 전차를 타고 삶의 지옥으로 떠나게 될 것이다.' 우리의 삶은 지옥에 있으니까….

『신곡』을 쓴 단테는 어렸을 적, 우연히 베아트리체를 만난다. 그때 단테의 나이는 아홉 살, 베아트리체는 여덟 살이었는데, 단테는 그녀

의 아름다움에 반해 사랑하는 마음을 갖게 되었다고 한다. 그 후 9년
이 지나 피렌체 아루노 강변 거리에서 우연히 그녀를 다시 만났는데,
그녀로부터 정중한 인사를 받으며 지극한 행복을 느꼈다고 한다. 얼
마 후 두 사람은 각각 다른 배우자를 만나 결혼하게 되는데 베아트리
체는 스물네 살에 요절한다. 이때부터 베아트리체는 단테의 구원久遠
의 여인 상이 되어, 그녀의 안내를 받으며 천국을 순례하게 된다. 단테
는 그녀를 성모 마리아와 같은 반열에 올려 숭모하다가 그 당시 일부
의 사람들로부터 신을 모독했다는 비난을 받기도 했다고 한다.

　나의 교만한 상상일지 모르겠지만, 만약에 단테가 베아트리체와 결
혼해서 살았다면, 어떻게 되었을까? 아홉 살의 단테가 그녀를 처음 만
나 마음속에 품었던 사랑이, 그녀와 함께 살면서도 변함없이 유지될
수 있었을까? 결혼은 사랑으로 촉매되는 현실이다. 대학 시절 어느 교
수님은 연애가 사탕이라면 결혼은 밥이라고 말씀하신 것이 기억난다.
사탕은 달콤하지만 하루를 먹으면 질리는 사랑의 이상, 천국이다. 반
면에 밥은 별맛은 없지만 평생을 먹어야 하는 사랑의 현실, 지옥이다.

　베아트리체에 대한 단테의 짝사랑은 사탕도 밥도 아니게 끝났지만,
그 사랑은 천국에까지 이어져, 영원한 사랑의 이야기 『신곡』이 탄생
될 수 있었을 것이다. 그러나 단테의 사랑엔 눈먼 욕망이 없다. 욕망
없는 사랑은 영원할 수는 있겠지만, 우리가 살고 있는 세상에서 그것
은 단지 책 속에서나 숨 쉴 수 있는 공허한 개념에 불과할 뿐이다. 단
테가 동양에서 태어났다면, 이루지 못한 사랑을 천국에까지 끌고 가
는 일은 결코 없었을 것이다. 동양에는 영원함 대신, 덧없음이 있기 때

문이다.

　오늘도 어제와 다름없이 하루가 지나간다. 욕망이라는 이름의 전차는 나를 내려놓은 채 어딘가로 달려가고 있다. 아름다움은 언제나 욕망을 수반한다. 아름다움은 어쩌면 그 뿌리에 욕망이 있는지도 모른다. 욕망이라는 불꽃이 타오르는 동안 아름다움은 거기에 머무를 수 있겠지만 불꽃이 꺼지면 아름다움도 함께 사그라들 것이다. 생명 있는 곳에 욕망이 있고 아름다움이 있다. 젊은 생명은 지극한 아름다움과 불타는 욕망으로 꽉 찬 공간이다. 그러나 그 불타는 집도 덧없음을 피하지는 못한다. 아름다움 속에 덧없음이 없다면, 그것은 생명 없는 박제에 불과할 것이다. 덧없음으로 인해, 우리가 살고있는 '지금 여기'가 더더욱 절실하게 되고, 생명은 우리에게 절대 선善이며 우리가 사랑할 수밖에 없는 무엇인 것이다.

　요즈음 연예인들은 너나없이 성형수술을 하는 것 같다. 스쳐 지나가야 할 아름다움을 오래 머물도록 하려는 비뚤어진 욕망이 배우 아무개 씨를 전혀 다른 사람으로 만들어 쇼윈도에 전시한다. 양 볼은 빵빵하게 불거져 나오고 입술은 퉁퉁 부어 있으며 얼굴에 주름 하나 없어 인형처럼 보이는, 만들어진 사람이 무대에 나와서 "내가 바로 그 아무개 입니다."라고 하는 것 같다. 뭇사람들이 좋아했던 아무개는 어디로 가고 전혀 낯선 이가 무대로 나와 자기가 그 아무개라고 한다면, 그에게 열광하던 사람들의 배신감이 얼마나 크겠는가?

　아름다움은 스스로 드러나는 것이지 결코 만들어지는 게 아니다. 그러나 짧은 시간 머물다 사라져야 하기 때문에 아름다울 수 있는 것이다. 지혜의 눈으로 지극한 아름다움을 들여다보면, 눈이 시리도록 감동적이지만 그 덧없음에 마음이 서러워지는 것을 감출 수 없다. 18세기 일본 에도 시대의 대표적 국학자였던 모토오리 노리나가本居는 이러한 감정의 상태를 일본 고유의 미학 개념인 '모노노 아와레物哀'라고 했다. 일본인들이 유독 벚꽃을 사랑하는 이유는 하루 이틀 피었다가 사라지는 생명의 모습, 그 무상함 때문일 것이다. '살아있는 것들의 아름다움 속에 감춰진 덧없음과 슬픔', 성형외과 의사가 어찌 예까지 마음을 쓰며 얼굴을 고칠 수 있겠는가.

무아와 삶

나는 누구일까? 거울을 들여다보면 머리가 새하얀 할아버지가 나타난다. 본 듯하면서도 너무 낯설어서 찬찬히 이목구비를 뜯어 보는 것조차 거북스럽다. 사진첩을 꺼내본다. 결혼식 때 찍은 사진, 제대한 지 얼마 되지 않아 짧은 머리를 한 젊은이가 신부와 나란히 서 있다. 그 젊은이는 문화직 손질이 딜 되어서인지, 탈북한 귀순 병사와 비슷한 얼굴로, 약간 굳은 표정이 안쓰럽고 낯설다. 나의 장년기, 사회적으로 잘나가던 시절의 오륙십 대의 얼굴, 자신만만하고 세련된 모습이지만 그 속에 숨어있는 노회함과 억제할 수 없는 욕망이, 칠십을 훨씬 넘긴 지금의 나에겐 역시 낯설기만 하다. 나의 얼굴은 어디에 있을까. 나의 얼굴은 과연 있기나 한 걸까. 얼굴을 잃어버린 사람들이 거리에 쏟아져 나와 바쁜 걸음으로 제 갈 길을 가고 있다.

엄마의 배 속에서 세상에 처음 모습을 드러냈던 순간은 어땠을까? 그곳에서 '나'의 모습을 찾아볼 수는 없을까? 기억할 수 없는 것을 개념적으로 조립해 보는 것도 재미있을 것 같다. 핏덩이 상태로 눈도 못

뜨고 울고 젖 먹고 잠자고, 하기를 되풀이했을 것이다. 세상과의 소통 라인은 엄마를 통해 이루어졌는데 소통의 수단은 우는 것과 약간의 몸짓뿐이었을 거다. 엄마의 지속적인 스킨십과 속삭임을 통해 귀가 열리고 눈이 떠지고 코가 열리기 시작했다. 엄마의 지극한 보호 아래 새로운 세상에 대한 두려움과 공포가 줄어들기 시작했을 것이다.

어느 틈엔가, 나의 의지와 상관없이 내 이름이 지어졌다. '나'는 그 이름에 의해 쫓겨났고, 쫓겨난 자리를 이름이 차지하고 있었다. 그때 쫓겨난 이후, 나는 다시 그곳으로 돌아올 수 없었다. 첫 번째 바코드가 내게 그렇게 부여된 것이다. 학교에 다닐 때는 몇 학년 몇 반 몇 번이, 군대에서는 군번이, 회사에 다닐 때는 직책과 직위가 나의 바코드였다. 집에서도 마찬가지이다. 내 아내의 남편으로, 자식들의 아버지로 존재한다. 그뿐인가! 친척들, 회사 동료들, 학교 동창들…. 관계와 관계 속에서 나의 존재는 의미를 가질 뿐 나는 홀로 존재한 적이 한 번도 없었다.

우리들의 몸은 약 10조 개의 세포들로 구성되어 있다고 한다. 아니, 어떤 이는 100조 개로 되어 있다고도 한다. 10조 개가 맞을까. 100조 개가 맞을까. 둘 다 실체로서 증명될 수 없는 숫자일 것이다. 세포들은 지속적으로 생성되고 소멸되는데, 사람이 태어나면 생성 세포가 상대적으로 소멸 세포보다 더 많이 증가하다가, 20세를 고비로 세포는 생성되는 양보다 소멸되는 양이 더 많아진다고 한다. 사람의 경우, 20세까지 젊어지다가 20세 이후부터 늙어 간다는 것이다.

우리의 몸은 시시각각 세포들의 생성과 소멸의 과정, 그 자체인 것이다. 우리의 몸은 어떤 모습으로 고정되어 있는것이 아니라, 세포들의 가합적 집적체로서 생성 소멸을 지속적으로 되풀이하는, 일정한 시간 속에서의, 변화의 과정인 것이다. 가합이란 말은 임시적으로 합해졌다는 뜻이고 집적이란 말은 모여서 쌓였다는 뜻이다. 순간순간, 생성 소멸하는 가운데 가합 집적이 일어나기 때문에 어느 순간의 가합 집적이 '나'일 수 있는지 알 길이 없다. 나는 어디에 있는가.

장례식장에 가면, 스님들이 흔히 독송하는 반야심경 첫머리에 이런 글귀가 있다. 조견오온개공照見五蘊皆空! 우리의 몸은 오온五蘊으로 가합되어 있는데 그것을 자세히 깊게 들여다보면, 오온은 모두 공空하다는 것이다. 오온은 색色 수受 상想 행行 식識을 말하는데 인연 따라 모였다가 인연이 다하면, 흩어진다고 한다. 오온은 각각 자성自性을 가진, 고정된 실체가 아니라, 인연에 의지해 생겼다가 흩어지는 무자성의 존재를 말하는데, 불가에서는 이것을 무아無我라 부르기도 하고 공空이라고도 한다.

온전한 실체로서의 '나我'가 없는데 어디에 집착할 수가 있겠는가? 그러나 사람들은 '나'가 있다고 착각하며, 그 '나'에 집착한다. 인간의 불행은 바로 그 집착에서 생겨난다. 수많은 인연 중에 어느 인연으로 가합된 오온이 나인가? 오온의 생성과 소멸, 나는 쉴 새 없이 태어나고 쉴 새 없이 죽고 있는 것이다.

나는 유구히 흘러가는 강물이다. 서울을 반으로 가르고 흐르는 한강은 발원지가 강원도 태백에 있는 검룡소라고 한다. 발원지에서 태어나, 천 리 길을 흘러 서해 바다로 빠지면서 생을 마감하는 동안, 쉴 새 없이 태어나고 쉴 새 없이 죽어간다. 자세히 들여다보면, 어제 흘렀던 한강은 지금 없다. 한 시간 전에 흘렀던 한강, 아니 5분 전에 흘렀던 한강도 지금 없다. 우리는 언어로써 개념화된 한강을 보고 있을 뿐, 한강이라는 자성을 가진 고정된 모습의 한강을 본 적이 없다. 부처가 입멸하기 삼 년 전에 태어난, 고대 그리스의 철학자 헤라클레이토스는 제행무상諸行無常을 이런 말로 표현한다. '우리는 같은 강물에 발을 두 번 담글 수 없다.'

우리가 찾고 있는 '나'라고 하는 것은 처음부터 그 자성自性이 없다고 하는데空, 어느 때는 그것을 깨달으며 어느 때는 그것을 착각하며 살아가는 게 우리네 인생인 것 같다. 자성이 없다는 것을 깨달았다면無我, 그것我에 집착할 까닭이 없어지겠지만, 욕심과 집착 없는 삶이 우리 같은 필부들에게 가당키나 한 것일까. 무아의 삶을 살라고, 무아로서 우리의 삶을 묶을 수는 없다. 무아는 무아이고, 삶은 삶이다.

내가 보고 듣고 냄새 맡고 맛보고 내 몸으로 느끼고 생각했던 것들이 모두 허망한 것이었다고 한다면, 나는 살아온 적도 없고, 살고 있지도 않으며 앞으로 살아갈 수도 없을 것이다. 소중한 내 가족들 하나하나가 그저 인연 따라 우연히 만나서 인연 따라 흩어져야 하는 허망한 존재들이라면, 우리가 갈구했던 사랑은 무엇이며, 행복은 무엇이란 말인가.

금강경 사구게金剛經四句偈 중에 이런 법구가 있다. "무릇 형상이 있는 것은 모두가 허망하다. 만약에 모든 형상을 형상이 아닌 것으로 보면, 곧 부처를 보리라." 얼마나 간결한 깨달음의 표현인가! 그러나 만일 우리 인간들에게 깨달음만 있고 삶이 없다면, 그 세상은 깨달음에 붙들려恶取空, 잠겨진 공간 속, 암울한 감옥이 될 것이다. 그곳엔 애증도 없고 선악도 희비도 없을 것이다. 그러나 우리가 살고 있는 삶의 현실이 곧 애증이고 선악이며 희비라는 게 엄연한 사실 아닌가. 부처는 지혜般若를 통해 깨달은 무아의 삶을 가르치고 있는 것이지, 무아에 붙잡힌 삶虛空을 가르치는 것이 아니다.

　부처의 가르침은 무아의 실천이지 깨달음理解으로 그치는 무아가 아니다. 무아의 실천은 곧 자비의 실천이 되는 삶을 사는 것이다. 무아 속에서 삶을 찾을 것이 아니라 삶 속에서 무아를 찾아야 할 것이다. 호숫가 주변엔 여러 생명이 살고 있다. 그곳은 삼라만상이 숨 쉬고 애증하고 선악하고 희비하는 세상이다. 좁은 길 한 귀퉁이에 피어난 질경이꽃, 냉이꽃, 족제비 가족들, 가마우지 가족들, 물고기들, 그리고 나라고 하는 생명체까지도, 비록 서로 다른 얼굴로, 다른 생각으로 세상에 나왔지만, 서로 의지하며 어우러져 열심히 사는 삶, 이것이야말로 진정한 무아의 삶이 아니겠는가?

기다림 없는 슬픔

　　나의 청소년 시절, 이발소에 가면 벽면에 액자가 걸려 있는데 거기엔 으레 노자 『도덕경』에 나오는 '상선약수上善若水'와 『명심보감』에 나오는 '가화만사성家和萬事成' 등의 글귀가 쓰여 있었다. 성현들의 말씀은 옳은 말씀이지만, 주위 어른들이 늘 하시는 말씀이라서, 어린 나이의 우리들에겐 옳은 만큼 감동적이지는 못했다. 동네 이발소들은 한결같이 이와 같은 문구를 걸어놓고 있었지만, 색다른 글귀를 걸어 놓은 곳도 있었다.

　　내 친구 중에 이발관 집 아들이 있었는데 동네에서는 제법 크고 깨끗한 곳이라 다른 곳보다 값이 좀 비쌌지만, 그 애 아버지는 아들 친구인 우리들에게 특별히 싸게 해 주었다. 그 이발관의 벽에도 어김없이 액자가 걸려 있었다. '삶이 그대를 속일지라도 슬퍼하거나 노하지 말라. 슬픔의 날 참고 견디면 기쁨의 날 오리니 마음은 미래에 살고 현재는 늘 슬픈 것 모든 것은 순간에 지나가고 지나간 것은 다시 그리워지나니.' 푸시킨의 이 시詩는 당시 열여섯 살인 나에게 잔잔한 감동을 주었다. 한자로 쓰여진 글귀는 어른들의 가르침이 필요했지만 이 시는 읽는 것만으로 그 뜻을 헤아릴 수 있었기 때문이다.

현재의 삶은 누구에게나 늘 슬픈 것! 그러나 슬픔을 참고 견디면 훗날 기쁨의 날을 보상받게 된다는, 평범한 교훈 같은 메시지였다. 전후 폐허가 된 서울에서 이처럼 감동적인 교훈이 또 있었을까? '인내는 쓰다. 그러나 그 열매는 달다.' 비슷한 내용이긴 하지만, 푸시킨의 메시지는 보다 세련되고 아름답게 우리들 가슴에 와닿았었다.

그 당시 우리에게 슬픔이란 게 뭐였겠나? 그것은 전쟁으로 인한 폐허와, 좌절감 그리고 너나없이 겪는 궁핍한 삶이었을 거다. '어려서 고생은 사서도 한다.' 아버지들이 소주 몇 잔에 얼굴이 벌게지시면, 우리에게 들려주셨던 말씀인데, 푸시킨의 메시지와 내용에 있어서 다를 게 없었다. 우리들은 푸시킨을 통해 아버지들의 말씀이 옳다는 것을 다시 한번 확인할 수노 있었다. 이 시는 전쟁이 끝난 지 10년도 되지 않은 가난한 후진국의 청소년들에게 위안과 희망을 주었던 것이다.

어른이 된 후에 나는 우연히 푸시킨에 관한 글을 읽게 되었다. 그는 38년을 살다가 짧은 나이로 요절했다고 한다. 그때까지 내 상상 속에 그려졌던 그의 모습은 러시아의 문호 톨스토이의 얼굴처럼 흰 수염이 멋있게 나 있는, 권위와 지혜를 함께 갖춘 노령의 현자일 거라고 생각했었다. 그러나 그가 우리들에게 전해준 그 교훈적인 메시지의 나이와 그의 짧은 생애는 어딘가 어울리지 않았다. 그 메시지가 삼십 초반의 어린 나이에 쓰였다는 데 놀라면서도 실망스러움이 뒤따랐던 것도 사실이다.

사진으로 본 그의 모습은 검은 머리와 양쪽 구렛나루에서 턱까지 검고 짧은 곱슬 수염이 나있는, 재기발랄한 젊은이였다. 그의 얼굴 어디에도 달관한 삶의 흔적을 찾기 어려웠다. 그래서일까? 그는 사랑하는 어린 아내와 그녀를 탐하는 근위대 장교와의 염문설에 시달리던 끝에, 자신의 명예와 가정을 지키기 위해 아내의 내연 남자와 무모한 결투 끝에 죽었던 것이다. 얼마나 허무한 아이러니인가? 삶이 그대를 속일지라도 슬퍼하거나 노하지 말라! 누구의 말인가!

푸시킨이 시에서 쓰고있는 키워드는 과거 현재 미래의 3개 시제와 슬픔 기쁨 그리고 그리움 등 세 개의 마음이다. 하나의 동일한 사건이 같은 선상에서 시간의 흐름에 따라 마음이 다르게 작용하고 있는 것이다. 현재의 시작은 자세히 들여다보면 동시적으로 과거의 시작이고 미래의 시작이 된다. 현재가 멈추면 과거도 멈추고 미래도 멈춘다. 그렇다면 이 세 개의 시제는 본래 하나였을지도 모른다. 시제의 구분은 처음부터 없었는데 인간의 분별심이 만들어낸 것인지도 모른다.

중요한 것은, 현재는 늘 슬픈 것이지만, 과거와 미래를 존재하게 한다는 것이다. 현재가 살아 있으므로 과거가 있고 미래가 있는 것이다. 그러므로 과거와 미래의 시제는 현재의 시제로부터 연유되는 것일 뿐, 실체가 없는 현재의 그림자에 불과한 것이다. 그러나 과거의 일과 미래의 일 때문에 현재의 삶이 괴롭고 슬퍼진다면, 그리고 삶의 실체가 그 그림자에 덮여 전혀 다른 모습으로 바뀌어진다면, 이보다 더한 아이러니가 또 어디 있을까?

그러면 슬픔이란 무엇일까? 고등학교 시절 젊은 영어 선생님은 그리스 신화 가운데 '오이디푸스 왕' 이야기를 재미있게 들려 주신 적이 있었는데, 끝말을 이렇게 맺은 것으로 기억된다. "주어진 운명에 대해 저항해 보지만 결국에는 그 운명에 굴복할 수밖에 없는 것, 이러한 상황을 비극이라고 한다." 그러면 주어진 운명에 굴복하지 않고 극복해 낸다면 그것은 희극이 되는 걸까? 어느 철학자는 우리에게 주어진 운명을 사랑하라Amor fati고 한다. 과연 비극의 대칭점에 희극은 있는 것일까?

우리에게 주어진 운명은 '생로병사'라는 한계 상황인 것이다. 이와 같은 상황을 어쩔 수 없는 것으로 인식하면서도 그것을 두려워하고 불안해하며 거부해 보지만 결국엔 굴복할 수밖에 없는 것, 그것은 우리 인간에게만 주어진 비극인 것이다. 개나 고양이도 생로병사의 한계상황을 갖고 있지만, 그들은 그것으로부터 연유하는 슬픔을 모른다. 그들에게 과거와 미래가 있을까? 그들에게는 현재만 있을 뿐 과거와 미래는 없을 것 같다. '지금 여기'만이 그들의 삶일 뿐, 실체가 없는 곳에 마음을 두지 않는다. 그들이야말로 부처의 마음으로 살고 있는지도 모른다.

슬픔은 우리 인간만이 지니고 있는, 다른 동물들과 구별되는, 인간다움의 표현일 수도 있다. 인간다움이란 어떤 것일까? 인간들은 스스로를 진실하고眞 착하고善 아름답고美 존엄하게尊 그리려 애쓴다. 우리는 그것을 휴머니즘이라고도 부른다. 그러나 인간다움은 우리 인간들이 도달하려는 지향점이지 인간다움이 곧 인간의 모습은 아닌 것이다. 인간의 참모습은 어떻게 보면, 反인간다움일 수도 있다. 그럼에도 불구하고 인간다움의 옷을 구하기 위해 평생을 허비하며 살다가, 죽을 때가 되어서야, 아! 모든 게 허업이었다고 되뇌며 떠날 수밖에 없는 우리는 슬픈 존재인 것이다.

푸시킨이 나처럼 칠십을 훨씬 넘게 살아 봤다면 어땠을까? 우리들의 삶에 있어서 기쁨은 잠시 들렀다 떠나는 손님과도 같은 것, 손님이 떠나면 슬픔은 다시 삶의 주인이 되어 모든 공간을 차지하게 된다. 우리들 삶의 공간은 슬픔으로 꽉 차 있다. 굶주린 자와 배부른 자의 슬픔, 얻은 자와 잃은 자의 슬픔, 떠나는 자와 보내는 자의 슬픔, 슬픔 또 슬픔…, 만나는 모든 것은 슬픔을 가리려는 화장을 하고 옷을 입는다. 아침에 눈 뜨면 서로 아침 인사를 나눈다. "슬픔이여 안녕?" 그리고 어제도 그랬던 것처럼 오늘도 분주한 하루를 보내고, 잠시 다녀갈지도 모를 기쁨을 손꼽아 기다린다.

되풀이되는 기다림이 쌓이고 쌓여 칠십을 훨씬 넘긴 지금, 우리들의 자화상은 슬픔의 색으로 여러 겹 덧칠되어, 서로 만나면 어두운 표정으로 눈인사를 나눈다. "죽음을 기억하세요Memento mori." 마치 죽음의 강에 놓여있는 징검다리를 건너듯이, 불편한 걸음으로 손을 흔들며 가고 있다. 슬픔의 날 참고 견디면 기쁨의 날 오리니…, 그대가 나만큼 살아 봤다면, 이렇게 말할 수도 있겠지. "우리들에겐 기다릴 기쁨도 없다네. 오롯이 남겨진 슬픔도 머지않아 떠나가겠지. 지금은 그저 기다림 없는 슬픔을 살아갈 뿐이라네."

지눌

지눌 선사를 처음 만난 것은 8년 전쯤이었던 것으로 기억된다. 회사 도서관 한 귀퉁이에 외롭게 꽂혀 있던 책 한 권, '길희성' 지음 『지눌의 선 사상』이었다. 나는 '지눌'이라는 법명에 끌리어 그 책을 읽기 시작했다. 반쯤 읽었을까? 「돈오론」을 거의 읽고 난 후 무슨 일로 덮어둔 채로 있었는데, 그 책이 사택으로 옮겨져 있었다. 책꽂이 한 구석에서 소박맞은 여인처럼, 그러나 고고하게 품위를 잃지 않고, 퇴근해서 귀가하는 나에게 간단한 목례를 보내곤 했다. 수년이 지나, 내가 은퇴하고 집으로 돌아왔을 때, 그 책이 나의 집 서재에 꽂혀 있는게 아닌가! 회사로 돌려보낼까 하는데, 지눌이 내게 정색을 하며 이렇게 꾸짖는 것 같았다. '내 마음을 그대에게 주려 하는데 어째서 그대는 꾸물대는가.' 순간 부끄러운 나머지, 확연대오한 나는 그 책을 밑줄 그어 가면서 정독삼매하여 처음부터 끝까지 완독했다.

그 뒤로 지눌에 대해 수년간 갖고 있던 부담을 조금이나마 덜어냈다는 생각에 마음이 후련해지는 것을 느끼게 되었다. 지눌의 말대로

라면, 나도 이제 돈오점수의 기초 단계인 해오解悟에 접근한 게 아닐까? 망상에 빠지기도 했다. 그러나 나는 처음부터 끝까지 지눌에게 미안한 마음과 애정을 갖고 읽었기 때문에 그의 생각을 이해하는 데 별로 어렵지 않았다. 마지막 장인 「간화론」을 읽고 난 뒤에는 '이게 끝이에요? 더 하실 말씀 없으세요?' 이렇게 독후감을 마음에 담은 채 말이다.

지눌 선사의 「돈오점수론」과 「간화론」은 800여 년에 걸쳐 선가의 교과서처럼 선승들에게 전승되고 있다. 교敎는 부처의 말씀이고 선禪은 부처의 마음이라고 한다. 불성을 찾기 위해, '말씀'을 공부하는 것과 '마음'을 직관하는 것, 둘 중에 어느 길이 옳은 길인가? 말씀과 마음은 종파로 갈라져, 교종과 선종으로 대립하여, 그 갈등은 우리나라 불교의 역사라고 할 정도로 치열하고 오래되었다. 처음에 지눌은 학승으로서 부처의 가르침에 충실했으나, 나중에 부처의 마음頓悟과 가르침漸修을 아우르는 「돈오점수론」을 완성하게 된다. 지눌의 선교일치의 정신은 조선 중기의 선사들을 거쳐 오늘날에 이르기까지 한국 불교를 지배하고 있다.

내가 지눌에 대해 알고 싶은 것은 다른 무엇보다도 그의 법명인 '지눌'의 어의語意이다. '알 知'와 '말 더듬 訥'을 합쳐서 풀이해 보면 '말 더듬을 안다'는 뜻이 되는데 나는 그 의미를 도저히 이해할 수 없었다. 그러던 어느날 지눌을 생각하며 신대 호숫가를 걷던 중, 우연히 '訥'이란 글자를 내 나름대로 파자하게 되었다. 訥이란 글자는 '말씀 言' 변에 '안 內' 자를 합친 글자인데 말이 입속에 갇혀있는 형상이다. 목구멍에 갇혀 입 밖으로 나오지 못하는 말의 정체는 무엇인가? 부처는 깨달음을 얻은 후 45년간을 말씀敎으로 제자들을 가르쳤다고 한다. 그 말씀들을 모아 시기별로 또는 내용별로 정리해 놓은 것을 '경經'이라고 부른다.

부처는 죽음에 직면해서 제자들에게 다음과 같이 말씀하셨다고 한다. "나는 깨달음을 얻은 후 지금까지 단 한마디의 말도 하지 않았다." 이건 또 무슨 말씀인가? 『팔만대장경』에 나오는 말씀을 모두 해 오셨으면서 어찌 한 말씀도 하지 않았다고 하시는가? 부처는 목구멍 속에 걸려서 입 밖으로 내뱉지 못하는 '무엇所'을 입속에 지닌 채 입적한 것이다. 선가禪家에서는 그 '무엇'을 부처의 마음이라고 한다. 마음은 말씀言語道斷이나 글文字不立로써 전할 수 없다. 마음은 단지 마음으로 전할 수밖에 없다. 이것을 이심전심이라고 한다. 부처의 마음을 찾기 위해 선승들은 화두 하나를 들고 깨달음을 얻을 때까지 정진을 게을리 하지 않는다. '지눌'이란 부처의 마음을 안다는 뜻일 것이다.

내 아들의 가족들은 일본에 살고 있다. 나는 일 년에 두어 번씩 애들을 보러 간다. 오랜 시간 도쿄에서 살았던 나는 서울의 지리보다 도쿄의 지리가 훨씬 더 익숙하다. 아무리 복잡한 도쿄의 전철 노선도 내게는 큰 문제가 되지 않는다. 공항에서부터 아들 집까지 전철을 타고 갈 때면 아이들을 곧 만날 기쁨에 마음이 설레곤 한다. 아들은 내게 승용차로 픽업해 주겠다고 하지만, 그럴 때마다 나는 정중히 거절한다. 하네다 공항에서 모노레일을 타고 도쿄 시내로 들어가 전철로 한 번 갈아타면 될 것을, 승용차를 타게 되면 교통정체가 심해서 한 시간 이상

더 걸리게 된다는 것을 나는 잘 알고 있다.

도쿄에 가면 보통 3~4일 정도 묵은 뒤 돌아오곤 하는데, 돌아오는 비행기 안에서 늘 부질없는 되새김질을 하곤 한다. 그것은 나의 독특한 직업병일 수도 있다. 젊었을 때 해외 출장에서 돌아오는 비행기 안에서 출장 보고를 위해, 그동안 일어났던 일을 정리하던 버릇이 있었기 때문이다. 도쿄에 가기 전부터 아들과 손자들에게 들려줄 많은 말을 준비해 가지만, 내가 들려준 이야기들에 대해 스스로 만족해 본 적이 한 번도 없었다. 나는 이런 뜻으로 이야기를 했는데 그 애들은 그것을 어떻게 이해했을까? 돌아올 때면 빠뜨리고 하지 못한 얘기가 너무 많아 늘 아쉬움을 잔뜩 걸머지고 돌아오게 된다. 그 애들에게 하고 싶은 말들을 충분히 했다고 해도, 제각각 달리 알아들었다면, 나는 아무 말도 하지 않은 것일 수도 있다. 내 목구멍에 걸려서 입 밖으로 나올 수 없는 그것은 무엇인가? 그것은 말로써 표현할 수 없는 '마음'인가? 이심전심으로밖에 전할 수 없는 언어도단의 '눌訥'인가?

지눌은 그 눌訥을 알아내기 위해 수행에 수행을 거듭했다. 그는 돈오점수頓悟漸修의 과정을 끊임없이 되풀이하는 평생의 수행 끝에 모든 분별의 앎을 내려놓고서야 마음眞心을 찾았다고 한다. 나야말로 지금까지 아이들에게 분별의 앎을 가르치고, 강요하고, 전달이 잘 되지 않으면 짜증을 내곤 했던 게 아닌가. 지눌은 진실한 깨달음證悟을 얻기 전 심한 알음알이知解로 시달렸다고 한다. 나도 지금 그 알음알이 병에 걸려 신음하고 있는 건 아닌지 모르겠다.

"강을 건넜으면 뗏목을 버려라."『금강경』에 나오는 말씀이다. 뗏목이 아까워 버리지 못한다면 영원히 강을 건너지 못할 것이다. 지눌은 내게 이렇게 속삭인다. "목구멍에 걸려 있는 것들을 굳이 뱉으려 하지 말게! 그걸 뱉는 순간 그것은 부처의 마음에서 멀어지기만 한다네. 그리고 타고 온 뗏목일랑 통째로 강물에 흘려 버리게. 자네가 만든 뗏목은 과거로 단절된, 이미 사라진 세상에서나 쓰였던, 지금 세상에서는 아무짝에도 쓸모없는 흉물로 남아 있다네. 아이들은 자기들만의 새 뗏목을 열심히 만들고 있네. 그 애들을 들여다보지 말고 멀리서 바라보시게나."

호숫가
단상斷想들

나의 하루는 해 뜨면 일어나고 해 지면 자고, 삼시 세끼 때 되면 밥 먹는 것, 그리고 시간에 맞추어 집 근처 호숫가를 돌다 오는 것, 꼭 같은 하루가 되풀이되어 한 달 전 하루와 어제의 하루가 구별되지 않는, 그런 나날을 보내고 있다. 오랜만에 지인들한테서 전화를 받으면, 그쪽에선 으레 "요즈음 어떻게 지내십니까?" 인사를 건네 오지만 "그냥 이렇게 살고 있습니다." 이것이 나의 대답이고, 상대방이나 나나 별로 할 얘기가 없어서 의례적인 몇 마디 주고받고는 통화를 끝낸다.

나의 하루는 마냥 어딘가로 흘러가고 있는 것 같은데, 나는 여기 남겨지고, 시간은 내 자리를 비워 둔 채 어딘가로 가고 있는 것 같다. 마치 비행기를 타고 구름 위를 날 때처럼, 공간적 변화를 전혀 느끼지 못하고 기억만으로 내가 있는 공간을 더듬듯, 그제나 어제나, 오늘이나 똑같은 공간 속에 떠 있는 것 같다.

호숫가 벤치 한 구석에 자리를 하고 건너편 숲을 바라본다. 호수는 제법 넓어 한 바퀴 도는 데 십 리 길이 된다. 호수에는 여러 종류의 백로, 가마우지, 해오라기, 원앙새, 종류도 다양한 물오리들이 살고 있다. 호수의 공간은 그곳에 사는 종족들에게 적당히 분점되어 있어 그런지, 서로 싸우는 것을 본 적이 없다. 처음 내 눈에 띄었을 때만 해도 물오리나 가마우지 정도가 십여 마리씩 옹기종기 모여 자맥질하는 것을 볼 수 있었는데, 요즈음 들어 새 들의 종류도 다양해지고 종류별로 개체수가 급격히 늘어나고 있는 것 같다. 작은 물오리들은 백여 마리 이상씩 무리 지어 있고, 다른 새들도 떼를 지어 종류별로 여기저기 눈에 띈다.

봄이 되면 호수 가장자리에 우거진 갈대숲과 연꽃 무리 속, 여기저기서 산란하는 장면을 볼 수 있다. 월척을 훨씬 넘는 물고기들이 호숫가 수초 틈서리에서 산란하는 광경은, 태초에 숨겨진 비밀을 훔쳐보는 것처럼, 경외스럽고 신비하기까지 하다. 물고기들은 이렇게 태어나고, 부모들이 했던 짓을 꼭 같이 되풀이하며, 똑같은 세상을 살다가 죽을 것이다. 그들은 이런 세상이 행복하다거나 또는 불행하다고 생각해 본 적이 없을 것 같다. 왜냐하면, 행복과 불행은 인간이 만들어낸 가장 후회스러운, 비극적 언어이기 때문이다. 새들이 물속으로 들어와 친구들을 잡아가도 그 순간만 공포스럽지, 곧 잊히고 아무 일 없는 것처럼 지낸다.

아프리카의 사바나, 그곳엔 우기에 물이 풍부해서, 광활한 초원(사바나)이 형성된다. 초원이 있어 임팔라 누우 등 초식동물들이 모여들고, 그들을 먹기 위해 표범 하이에나 사자 등 육식 동물들이 모여든다.

자연은 스스로 먹이 사슬을 형성하여 하나의 세계를 스스로 생겨나게 한다.

잡아 먹고 먹히는 그 세계에는 원한이나 은혜, 행복과 불행, 사랑과 미움등 인간의 부질없는 허업虛業이 없다. 잡아먹는 행위나 잡아먹히는 행위는 죽고 죽이는 행위가 아니라 다 같이 살자고 하는, 삶의 행위인 것이다. 약육강식의 현장에서 약자를 동정하고 강자를 미워하는 인간의 감성이 그곳에선 통할 수 없는 것이다. 그곳엔 태초로부터 스스로 생긴 자연의 법칙이 있을 뿐이다.

물오리들은 내가 보는 앞에서 쉴 새 없이 자맥질을 계속하고 있다. 물속에서 잡은 고기들을 식도 어딘가에 저장했다가 새끼가 있는 곳으로 와서 토해 내 먹이는 것을 되풀이하는 것이다. 새끼가 한둘이면 덜 힘들겠지만, 대여섯 마리면 쉽지 않을 것이다. 새의 어미는 일 년에도 몇 번씩 부화해 낳아서 키워야 하니 얼마나 힘들겠는가? 그것도 한 끼 벌어 한 끼를 사는 고달픈 삶을 되풀이하면서 말이다. 나는 악마의 목소리로 어미 새에게 속삭여 주었다. "매 끼니때마다 수고하지 말고 힘 있을 때 왕창 잡아 저장해 두었다가 끼니 때마다 꺼내 먹으면 편해질 텐데…"

어미 오리는 내게 이렇게 대답한다. "아직도 욕망의 끈을 놓지 못한 그대여! 만약에 우리가 저축을 한다면, 어느 놈은 일 개월 치를 어느 놈은 일 년 치를 또 어느 놈은 자손 대대로 먹을 양식을 저축하게 될 것이고 이곳에 사는 물고기들은 씨가 마를 것이다. 그러면 우리 자손들은 무얼 먹고 살아야 하는가?

인간의 불행은 저축으로부터 시작되었는지도 모른다. 하루하루 끼니를 위해 수고하면 될 것을, 수십 년을 편하게 먹고 살기 위해, 별의별 근심 걱정이 끊이질 않고, 떼거리로 편을 갈라 전쟁을 하고, 그러고도 모자라 보험까지 들어 수십 년 앞을 살아 보겠다는, 그대들은 과연현재의 삶을 살아본 적이 있는가? 있지도 않은 행복한 삶을 소원하고, 거기다가 쌓아둔 돈으로 천당까지 예약하려 하는가?"

과거는 지나가 없는데 과거의 마음으로 원한을 짓고, 미래도 오지않았는데, 미래의 마음으로 근심 걱정을 한다. 살아 있는 것들에게 그나마 있는 것은 현재의 삶인 것 같다. '지금 여기'가 우리 삶의 시간이고 공간인 것이다. 지금을 떠나고 여기를 떠나면 우리는 살아있는 것이 아니다. 인간들은 어찌하여 현재의 삶을 살지 않고 과거와 미래의삶에 연연하는가?

부처는 과거와 미래는커녕, 현재의 마음도 얻을 수 없다고 했다. 그렇다면 본래부터 마음은 없는 것인가? 우리 인간은 본래로부터 너무멀리 떠나와 있어서, 본래의 마음을 잃고 사는지도 모른다. 본래의 마음을 잃은 사람들이 호숫가에 사는 내 동무들이 짝짓기하는 것을 보고 왁자지껄 놀라고 있다. 집으로 돌아오는 길에 잠시나마 본래의 마음을 엿보았다는 기쁨에 발걸음이 가벼워졌다.

슬픔에 대하여

  나의 잠자는 시간은 정해져 있지 않다. 보통은 새벽 1시를 넘겨 잠들지만, 어느 날엔 12시 이전에 잠들기도 한다. 일찍 잠든 다음 날은 아침 7시쯤 일어나 기분이 상쾌하기도 해서, 어쩌다 분리수거의 날이 되면 다른 집보다 일찍이 분리수거를 마치고 아침 준비로 식빵에 버터를 발라 프라이팬에 굽고, 계란프라이를 만들고 커피를 머그잔에 내린다. 빵을 구우면서 고등학교 시절, 영어시간에 'Bread and Butter'를 '빵과 버터'로 해석하지 않고 '버터 바른 빵'이라고 했을 때, 이해되지 않았던 기억을 떠올리기도 한다. 촛불을 켜 놓고 기도하고 있는 아내에게 아침 준비가 되었다고 하면 그녀는 사과를 깎고 토마토를 썰어 식탁 위에 놓는다. 이런 날은 아침 식사가 맛있다. 그렇게 부지런을 떨다 보면 내가 시간 안에서 존재하고 있다는 것을 확인하고 잠시나마 마음이 가벼워지기도 한다.

  일찍 잠드는 날은 며칠 지속되다가 마치 탕자가 잠시 집에 들렀다가 다시 가출을 하듯이 늦게 자고 늦게 일어나는 버릇으로 되돌아오게 된다. 그러나 이것이 단순한 일상으로 끝나는 것이 아니다. 공휴일엔 전에도 그랬으니까 자괴감이 덜한데, 평일 아침에 8시를 훨씬 넘어서 일어날 때, 이렇게 막살아도 되는지, 자괴감이 든다. 전에는 숨 쉴 틈 없이 나를 간섭하고 몰아세웠던 시간이, 요즈음엔 병원 가는 일을 빼곤 내게 완전히 관심을 끊은 것 같다. 병치레를 오래 한 탓일까? 그토록 끔찍하게 여겨 왔던 내 몸뚱이가 여기저기 하나씩 무너져 내리는 것이, 나이 들면 겪어야 하는 숙명이라고 하니 그저 슬플 뿐이다. 나는 살아가고 있는 게 아니라, 하루하루 죽고 있는 것 같다.

나는 시간으로부터 쫓겨난 사람, 무리에서 쫓겨난 늑대처럼 외롭고 불안하다. 시간 안에서 남들이 하는 대로 먹고 자고 싸면서 하루하루를 보내던 때가 그리워진다. 그러나 다시는 돌아갈 수 없어 슬픈 한 마리 늑대가 되었다. 밤늦도록 불을 켜놓고 함께 일을 했던 내 동무들, 지친 몸으로 집에 돌아오면 나를 반기던 아내와 아들딸은 모두 어디로 갔나. 흰색 블라우스에 곤색 스커트를 입었던 그 여학생은 지금쯤 무슨 색깔의 옷을 입고 있을까. 내가 짝사랑했었다는 사실을 알고나 있을까. 영광의 날들을 쌓고 쌓으면서 여기까지 왔다고 자랑하던 때가 바로 엊그제였는데 그것들은 모두 허무한 신기루였던가. 아니면 슬픔의 업으로 남아 홀로 있게 된 나를 위로하고 있는 것인가.

아름다움의 뒤엔 슬픔이 있는 것. 슬픔 뒤에는 또 슬픔이 있다. 슬픔이라는 넓은 도화지 위에 조그맣게 성취와 영광이 점의 크기만큼 그려져 있는 것이다. 짧은 영광과 성취의 시간이 끝나면 긴 슬픔의 시간이 기다리고 있게 마련이다. 그 짧은 순간들을 얻기 위해 앞만 보고 달리다가 어느 날 문득 내가 슬픔의 바다 위에 불안스럽게 떠 있다는 사실을 알게 되었다.

철학자들은 우리가 아무런 이유 없이 세상에 던져져, '얼마간 살다'가 우연히 죽는다고 한다. '얼마간 살았던' 그 시간 속에서, 우리는 숨 쉬고 사랑하고 배신하고, 승리하고 패배하면서, 수많은 업을 악착같이 쌓아 올렸다. 불가에서는 '얼마간 사는' 우리의 삶을 고통이라고 하지만, 그것이 어쩔 수 없는 숙명이라고 자각되었을 때, 내게 다가온 것은 슬픔이었다. 사랑하는데 헤어져야 하는 슬픔愛而別苦, 미워하는데 만나야 하는 슬픔憎而會苦, 구하고자 하는데 얻지 못하는 슬픔求不得苦, 무상한 몸뚱어리를 갖고 있는 슬픔五蘊盛苦, 또 슬픔.

'SK Japan' 사장 시절 도쿄 메구로에 살고 있었는데, 그곳에 메구로 강이 흐르고 있다. 우리나라의 강처럼 폭이 넓지 않지만, 청계천보다 약간 좁은 듯한 강이 수십 킬로미터 흘러서 바다로 빠진다. 그 강의 양옆으로 벚꽃이 만개해 있는 길을 상춘객들에 섞이어 아내와 함께 끝 모르게 걸은 적이 있었다. 일본인들은 꽃이 만개했을 때보다 꽃이 질 때가 가장 아름답다고 한다.

강물 위로 떨어진 꽃잎들이 겹겹이 쌓여 쉼 없이 흐르는 것을 보면 마치 핏물이 점점이 흐르는 것 같기도 했고, 붉은색과 흰색의 물감으로 채색되어 흐르는 것 같기도 했다. 생명이 있는 것들은 아름답다. 그러나 순간순간 죽어가야 하는 슬픈 숙명을 지니고 있다. 이러한 아름다움을 일본인들은 일본 고유의 미의식, 모노노 아와레物哀라고 한다.

세상에서 가장 짧다고 하는 일본 고유의 시, 열일곱 자로 완성되는 하이쿠俳句의 숨은 뜻에는 늘 '모노노아와레'가 있다. '자세히 들여다보면 담장 밑에 핀 냉이꽃 한 송이'(마쓰오 바쇼), 냉이꽃은 사람들 눈에 띄지 않는 담장 밑에서 숨 죽이며 피어 있다. 일본인들은 보잘것없는 냉이꽃 한 송이에서 생명을 보고, 그곳에서 아름다움과 슬픔을 함께 들여다본다. 윤동주 시인의 「서시」 중 "모든 죽어 가는 것들을 사랑해야지" 이 구절을 읽을 때마다 울컥해진다. 시인은 아마 생명의 아름다움을 죽음 쪽에 서서 바라본 것 같다.

하루 한 번씩 아파트 후문을 나와 계속 내려가다 보면 광교산에서 흘러내리는 개천을 따라 신대 호수로 가게 된다. 아파트 후문 근처엔 작은 숲이 있는데, 그곳 벤치에는 늘 할머니들 몇 분이 옹기종기 모여 이야기를 나눈다. 그 가운데는 몸이 불편한 분도 있는데 휠체어에 앉아 대화를 거들기도 한다. 여름엔 매일 보던 장면이, 가을이 깊어지면서 비어 있는 벤치를 볼 때마다, 걸어가는 내내 그것은 나를 슬프게 한다. 안톤 슈낙이 이 장면을 보았다면, 그를 슬프게 하는 것들 중에, 이와 같은 슬픔이 분명 들어 있을 것이다.

슬픔이란 감정은 인간이 가진 정서 중에 가장 정직하고 진실하다고 한다. 슬픔 속에는 아름다움과 허무, 고독, 불안 등의 복합된 정서가 들어 있기 때문에 이것을 단순한 언어로 개념화하기 어렵다. 슬픔은 때 묻은 언어 대신에 말길이 끊어진 곳에서 보일 듯 말 듯 자리하기 때문에 언어의 세공을 전문으로 하는 시인의 마음이 아니면 찾을 수 없을 것이다.

선배로부터 보내진 맹난자 님의 수필집을 받아 두었다가 며칠 지난 뒤 꺼내서 읽어 보았다. 병원에 갈 일이 많아져 집중력이 떨어져서일까? 책이 잘 읽히지 않는다. 가와바다 야스나리, 나이 칠십에 노벨문학상을 받은 뒤 4년이 지나 가스관을 입에 물고 목숨을 끊은 일본 문학계의 큰 별이다. 왜 자살을 감행했는가? 그 이유를 아무도 모른다. 맹난자 님은 야스나리의 죽음에 대해 다음과 같이 말하고 있다. "오래전 노산 이은상 선생의 시화전에서 뵈었던, 유난히 서늘한 그분의 이마와 괴기 서린 눈을 떠올리면서 심층 내부의 복잡한 자의식의 균열을 심정적으로 추정해 볼 따름이다. '이제 더 이상은…?' 그때 그분의 자살을 납득할 수 있을 것 같았다." 평생 글만 썼다는 님의 여섯 글자로 된 언어의 세공술에 그저 놀랄 뿐이다. '이제 더 이상은…?', 이 한마디는 팔십을 바라보는 내게도 귀담아들을 만한 이야기가 아닌가? 그러나 그것은 숙명적이 아니라 선택된 것이기 때문에 야스나리의 죽음에는 슬픔이 보이지 않았다.

자유라는 것

교대역에서 내려 1번 출구로 나가면 나이 먹은 사람들이 좋아하는 싸고 맛있는 음식점들이 꽤 많다. 보통 네다섯 명, 많게는 열 명 정도가 여기저기 모여서 반주를 곁들여 가며 뻔한 얘기 하고 또 하면서 시끌벅적하다. 두세 시쯤 모임이 끝나면, 각자 흩어져 친구 사무실에 가서 죽치고 있든가, 이럭저럭 시간을 때우고 오후 다섯 시쯤 되면 전철을 타고 퇴근하듯이 집으로 돌아온다.

캘린더에 쓰인 계획대로 오늘과 비슷하게 내일도 시간 때우기가 되풀이될 것이다. 그들의 캘린더 계획은 일 개월 전에 미리 짜인 것이다. 수십 년간 회사 조직 속의 구성원으로서 살아온 사람들은 그 삶의 방식이 조직을 떠난 뒤에도 관성적으로 남아 있어서 형태는 바뀌었어도 계속 조직의 생리를 유지하며 살고 싶어 한다. 만약에 그렇게라도 살지 않는다면 그들은 외로움과 막연한 불안감을 처리할 길이 없다. 이러한 현상을 어떻게 보아야 할까? 미국의 어느 사회학자는 일찍이 50년대에 이러한 유형의 사람들을 가리켜 '고독한 군중'이라 불렀다.

모임에 잘 나가는 사람들의 면면을 보면 대개가 성격이 무난하고 사교적이다. 항상 웃을 준비가 되어 있고 듣기 싫은 소리를 들어도 분위기를 위해 즉각 반응하지 않고 잘 참아낸다. 그러나 그들이 홀로 있을 때의 모습도 그러할까? 조직 사회를 수십 년 경험한 사람들의 심리구조는 이중적으로 될 수밖에 없다. 겉으로는 웃음을 띠고 여유로워 보이지만 내면에 감추어진 불안과 외로움은 또 다른 모습으로 나타나게 되어 있는 것이다.

나의 경우는 어떤가? 은퇴하기 삼 년 전부터 계획을 세워, 내 스스로 일흔한 살에 회사 조직을 떠났기 때문에, 회사의 구조 조정 등으로 오십 중후반에 떠밀리듯 회사를 떠난 사람들의 경우와 다를 수 있다. 그들 가운데는 나의 결정에 의해 내보내졌던 사람들도 있는데, 그들과 모임에서 마주할 때 내 마음이 편할 수가 없다. 그런 것 때문만은 아니지만, 회사를 그만둔 후 나는 두 개의 모임에서 맡고 있던 좌장 자리를 그만두었다.

내가 나가는 모임은 점점 줄어들고, 병치레 때문에 예닐곱 개의 모임 중 두 개의 모임에만 나가고 있다. 고독한 군중 속에 섞이어 얼마 남지 않은 나의 나날들을 허비하고 싶지 않다. 나의 사회적 관계는 줄겠지만, 가족들과의 관계 속에서 새로운 추억 만들기, 재미있는 일 아니겠는가? 말 그대로 은퇴隱退란 말은 '물러나 숨는다'는 것이다. 오랫동안 가족들과 떨어져 있다가 집으로 돌아와 숨고 싶을 뿐이다.

회사를 떠난 후, 힘들었던 것은 생활 속에서 하찮다고 생각되었던 일 들을 내가 직접 해야 한다는 것이었다. 조직에서의 나의 일은 '보고 받고 생각하고 결정'하는 것이었는데, 조직을 떠난 후에는 생각할 것도 결정할 것도 없게 되어, 나는 졸지에 할 일이 없는 무능한 사람이 된 것 같았다. 자유를 얻은 대신 그것을 어떻게 감당해야 할지, 오히려 내게 부담이 되었다. 이럭저럭 시간이 하나둘씩 해결해 주어 혼자서도 할 수 있는 일이 조금씩 늘어 가고는 있지만 불만스럽기는 여전하다.

요즈음 나의 일상은 아침 느지막하게 일어나 간단히 식사하고 TV를 보는 것으로 하루가 시작된다. 내가 하루를 시작하는 것이 아니라 하루가 나의 의지와 상관없이 시작되는 것이다. 책을 읽다가 조금 졸고, 케이블 TV를 보다가, 음악을 듣다가, 유튜브를 보다가, 아내에게 말을 걸고 하다 보면, 시간은 내가 말릴 새도 없이 무심히 달려가서 점심을 먹으라고 한다.

아내는 나의 이러한 무료함에 대해 꽤 안쓰러워하는 것 같다. 무료함과 게으름은 비슷하지만 다른 것 같다. 무료해서 뭔가를 하는 사람은 부지런한 사람이지만, 무료한데 아무것도 안 하는 사람은 게으른 사람이라고 한다. 본래 나는 남보다 게으르고 그것을 은근히 즐기는 편인데 결혼해서 가장이 되고 보니 게으름을 감추고 부지런을 떨며 살 수밖에 없었다. 점심 먹고 커피 마시고 이럭저럭하다 보면 오후 세 시쯤, 우리 집 근처에 호숫가로 가서 한 바퀴 돌곤 한다.

벤치에 앉아 잠시 쉬기도 하고 걸으면서, 내 생각은 잠시도 쉬지를 않는다. 예순여덟 살 어느 날, 속리산 문장대를 올랐다 내려오던 길에, 문득 늙었다는 생각이 들고부터였다. 여생의 삶을 위해서 내 삶의 전부였던 42년 간의 일을 버릴 준비를 하고 있었다. 얼마 남지 않은 짧은 삶이나마 진정한 나의 삶, 내 맘대로 살고 싶었다. 그런데 막상 자유가 내게 주어진 후, '나는 과연 행복해졌는가? 자유라고 하는 것의 실체가 있기나 한 걸까?' 이런 회의가 자꾸 내 맘을 흔들 때가 있는 것이다.

초등학교에 입학할 때 뚫렸던 코뚜레를 일흔한 살이 되어 풀어 버린 날, 날아갈 듯 몸과 마음이 가벼웠어야 했을 텐데, 뭔가 외롭고 불안한 마음을 떨쳐 낼 수가 없었던 것은 웬일일까? 이런저런 생각을 하면서 집에 돌아오면, 아내는 저녁을 차려놓고 나를 기다리고 있다.

'일 없음이 오히려 할 일無事猶成事' 이 글귀를 작가 최인호는 선승 경허의 『법어집』에서 읽고 감명을 받아 소설 『길 없는 길』을 썼다고 한다. 이 글귀는 노자 『도덕경』에 나오는 '함이 없음을 하면 하지 못함이 없다爲無爲 無不爲'와 비슷하다. '일 없음을 하라' '함이 없음을 하라' 같은 말 아닌가! 일 없음이 일 있음보다 오히려 해야 할 일이란다. 불가에서 그런 것을 무애無碍라고 한다면, 서양 사람들은 그런 것을 자유라고 부르는 것 같다.

우리의 상식과 지식으로 이와 같은 언어가 이해될 수 있고 수용될 수 있겠는가? 우리가 쌓아온 상식과 지식은 우리 삶의 질서이다. 그 언어를 이해할 수 있으려면, 우리들의 질서를 버려야 한다고 한다. 그렇게까지 하면서 얻을 수 있는 자유가 우리에게 그토록 소중한 걸까? 그런 자유는 우리 삶 가까운 곳에 있지 않고, 우리 삶에서 아주 먼 곳에 있는 것 같다.

홀로 되는 자유는 또 다른 형태의 감옥일 수도 있다. 자유 안에서 사는 삶은 오히려 불안하고 외롭다. 역설적이게도, 자유는 짐을 내려놓는 것이 아니라 새로운 짐을 다시 짊어지게 되는 것 같다. 지난날 누렸던 시간과 공간의 질서 안에서 내 삶은 차라리 포근하고 정돈되어 있었다. 이제 와서 그 질서가 다시 그리워지는 것은 무슨 까닭일까? '자유로부터의 도피'라는 말이 이런 게 아닐까?

호숫가에 늘어서서 침묵 속에 기도를 하고 있는 나목들, 입고 있던 옷을 모두 벗어 주고도 모자랐는가! 여름내 담아 두었던 생명의 물마저 모두 비워내 주고 뼈만 앙상하게 남았지만, 그래도 봄을 기다리겠다고 한다. 나무들에게서 희망이란 것을 들여다보며 문득 그들이 존경스러워졌다. 나무는 까맣게 변색된 벌거벗은 몸으로 내게 부처님의 언어로 말한다. "나처럼 이렇게 '함이 없음'을 해보게. 그대가 기다리는 푸른 오월은 저절로 오게 될 서야." 쉴 새 없이 자맥질을 하며 먹이를 구하는 물오리들이 딱해서 말을 건넸다. "먹고 살기가 힘들지?" 그러나 그들에게서 돌아온 대답은 뜻밖이었다. "배고프면 물고기 잡아 먹고, 사랑하고 싶으면 사랑하고, 잠자고 싶으면 잠자는데, 힘들 게 뭐 있겠나?" 나는 부처들에 둘러싸여 그대로 앉아 있었다.

노인과 봄

작년 가을 첫서리 내릴 무렵, 물새 가족들이 떠나고, 나무들도 떠나고, 뜨거운 태양도 떠나고 우리들 모두 떠났다. 호숫가엔 텅 빈 이별의 이야기만 남아 아직도 귓가를 맴돌고 있는데, 그동안 병치레를 오래 한 탓일까? 옷매무새를 추스를 겨를도 없이 봄이 호수 주변, 이곳저곳을 채우기 시작한다. 지난겨울, 숲속에 눈이 쌓이고 호수마저 얼어붙은 둘레길을 걷다가, 주위에 늘어선 나목들의 피부가 검게 변색되어 있어, 깊은 병이라도 들었으면 어쩌나 걱정을 했었다. 그러나 그것은 기나긴 기다림, 그들만의 독특한 수행법이었다는 걸 이제야 알게 되었다. 땅속에선 잠들어 있던 뿌리가 봄비를 머금고 언 땅을 헤집는 소리가 들리는 듯하고, 나뭇가지엔 새싹이 움트기 시작한다.

세상 사람들은 봄맞이에 들떠 삼삼오오 무리를 지어 호수 주변에서 봄을 즐기고 있는데, 나만 혼자서 사람들 틈을 헤치며 내 길을 부지런히 걷고 있다. 봄이 오건 가건, 상춘객들이 소리를 지르며 신기해하는 만큼, 내가 신기해할 것은 별로 없다. 나처럼 늙고 병든 사람에겐 계절이 바뀌는 것에 아름다움만 보이질 않는다. 아름다움이 숙명적으로 안고 있는 덧없음에 대해 서글퍼지는 것을 억지로 감추고 있다. 봄이 왔건만 나는 지난가을에 단풍잎이 듬성듬성 걸려 있던, 고목나무처럼 그대로 서 있다.

봄을 아끼며 찬찬히 들여다보는 노인들도 더러 있겠지만, 나처럼 계절이 오가는데 무덤덤해지는 노인들이 더 많을 것 같다. 노인이 될수록 나이가 쌓여 봄이 오가는 계절의 변화에 대해 너무나 잘 알고 있다. 저러다가 햇살이 뜨거워지면 모르는 사이에, 덜컥 여름이 되는 것을 수없이 보아 왔다.

봄은 늘 그렇게 우리들 곁을 떠났다가, 때가 되면 불쑥 집 마당 안으로 들어서곤 한다. 가족 중에 어느 한 사람이 먼 길을 떠났다가 예고도 없이 돌아왔을 때, 온 가족들은 반가움에 요란을 떨며 맞이하건만, 노인은 "웅! 왔어." 하고 무덤덤하게 맞이한다. 그러나 누구보다 노심초사 궁금해하며, 집 떠난 가족을 기다리고 있던 사람은 바로 노인이다.

인간의 삶은 시간과 공간의 제약 속에서 그 의미를 갖게 되어 있다. 아침 몇 시에 일어나서 일정한 시간에 식사를 하고 약속된 다른 공간으로 이동하도록 되어 있다. 인간들의 사는 방식은 사람들을 만나는 것이다. 뭔가를 알고 싶어 만나고, 내 것과 남의 것을 비교하기 위해 만나고, 사랑을 하기 위해서 만나고 싸우기 위해서도 만난다.

사람들 모이는 곳을 장터라고 한다면, 장터엔 긴장하리만큼 빽빽한 시간적, 공간적 제약이 있다. 인간의 삶은 장터 속에 있기 때문에, 장터를 잃는 사람은 삶을 잃는 것과도 같다. 현대인의 일상은 장터에서 장터로 이동하며, 장터 속에서 만남을 되풀이하다가 하루가 저물고 어둠이 깔리면 지친 발걸음을 집으로 돌리는 것이다. 그러나 삶의 장터를 잃은 대부분의 노인들은 외로움 속에 고립되어 박제처럼 되어 가고 있다.

나와 아내는 아무 시간에나 자고 일어난다. 아침 식사도 9시쯤 되어야 하고 아내와 함께 오늘은 무슨 일이 있을지를 서로 확인하지만, 별일 없는 날이 더 많다. 점심때가 되어 가면, 뭘 먹을까 상의하고 아내가 요리를 만들거나 내가 하거나, 또는 외식으로 결정할 때도 많다. 외식을 하게 되면 설거지를 안 해서 편하기는 한데 우리 부부의 까다로운 입맛을 맞추기가 쉽지 않다.

우리 삶이 아주 자유로워져서 좋기는 한데 그 자유는 늘 우리를 불안하고 외롭게 한다. 아이러니하게도 자유는 늘 속박 안에서 갈망되고 그 의미를 갖는다. 속박이 풀리면, 자유는 그 의미를 잃게 되고, 또 다른 형태의 속박이 될 수도 있는 것이다. 자유는 누리는 것이 아니고 견뎌내야 할 어떤 것이다. 내가 머무는 나의 집이 당연한 나의 공간이어야 함에도 가끔 아내에게 눈치가 보이는 것은 무슨 까닭일까?

노인이 되면서 병원에 가는 일이 부쩍 늘었다. 다른 일 같으면 거절하거나 핑계 대고 빠질 수도 있지만, 병원 갈 일만은 빠질 수 없다. 유일하게 시간과 공간적으로 제약을 받는 곳이 병원이다. 병원에도 봄은 와 있지만, 복도 창가를 통해 힐끗 스쳐 보이는 봄은 나 같은 환자들에겐 그 봄이 잘 보이지 않는다. 다른 곳에선 오래 살았다고 대접도 해주고 내 얘기를 들어 주기도 하는데, 병원에 가면 의사 선생 앞에서 나의 권위는 모두 무너져 내린다.

병원이 붐벼서 삼사십 분을 기다려 선생을 만나지만 이삼 분 정도 얘기를 듣고 공손히 인사를 하고 나온다. 젊은 의사 선생은 나와 대화를 하는 게 아니고, 내 몸과 대화를 하는 것이다. 그의 말 한마디에 돌아서는 발걸음이 무거워지기도 하고 가벼워지기도 한다. 몸뚱이를 갖고 있는 한, 인간은 숙명적으로 자유로울 수 없다. 우리의 몸은 처음부터 욕망으로 가득 찬 집이었다. 그 욕망으로 인해 집은 썩어 가고, 녹슬고, 휘어져서 돌보지 않으면 곧 무너질지도 모른다.

막내 처제의 딸인 이질녀姨姪女는 미국에 소재하는 세계은행에 근무하는데, 업무차 일본으로 출장을 왔다고 한다. 도쿄에 살고 있는 우리 아들 가족과 함께 신바시新橋 스시집에서 저녁 식사를 하며, 사진을 찍어 카톡으로 보내온 것을 들여다보았다. 사진 안에는 이질녀와 우리 아들, 초등학교 5년생인 손녀딸, 그리고 2년생인 막냇손자 놈, 네 명이 활짝 웃으며 손가락을 V자로 흔들며 찍혀 있었다.

아들은 올해 쉰 살이고 그의 이종사촌은 마흔세 살이니 중년들이다. 내 나이 마흔두 살 때, 오사카 지사장으로 발령을 받고, 처갓집에 갔더니 "씩씩한 우리 사위도 이제 중년티가 물씬 나네." 그때 장모님 연세가 일흔이셨고, 나는 그분을 통해 내가 중년이란 걸 처음 알게 되었다.

사진 속의 얼굴들 중에 아들과 이질녀는 삶의 현장에서 단련된 힘이 넘쳐나고, 활짝 웃는 얼굴에서 땀 내음이 풍겨 나왔다. 세속적 난관을 잘 이겨내 온 중년의 얼굴은 믿음직스러움이 배어져있다. 그 애들이 지금 내 앞에 있다면, 이렇게 말해 주고 싶다. "이제 너희들이 세상의 주인이 되었다. 우리는 너희들에게 의지해 살 수밖에 없는 처지에 놓였단다. 너희들이 기쁘면 우리도 기쁘고 너희들이 슬프면 우리들도 슬프다. 그러니 너희들에게 기쁜 일만 있으면 좋겠다. 너희를 위해 우리가 해 줄 수 있는 일은, 오직 기도밖에 할 수 있는 게 없구나." 37년 전 장모님의 심정도 이와 같았을 것이다.

중년의 모습을 계절적으로 여름이라고 한다면 어린이의 모습은 당연히 봄이 될 것이다. 그러면 사진을 들여다보고 있는 나는 어느 계절에 속할까? 나는 고목나무인 채로 서서 사진을 내려다보고 있다. 예쁘고 공부도 잘하는 손녀딸과 개구쟁이 막냇손자는 '새로 난 별', 샛별들이다. 이 사진 한 장에 봄과 여름, 그리고 샛별들이 여백 없이 꽉 차 있다. 아이들의 얼굴은 봄의 얼굴이고 아이들의 재잘거림은 봄의 소리이다. 내가 만약 화가라면, 아이들의 피부색은 봄을 알리는 연두색으로 칠할 것이다. 지금까지 봄이 오면 호숫가에서 다른 상춘객들과 봄을 감상해 왔지만, 금년 봄엔 한 장의 사진 속에서 아내와 함께 손주들을 보며 상춘賞春을 하는 것도 색다른 봄맞이가 될 것 같다.

코로나,
홀로 되는 길

     세상이 코로나에 점령되어 2년째 접어들고 있다. 어쩌다 마스크를 깜빡 잊고 맨얼굴로 밖에 나갈라치면, 뭔가 허전해서 아차 하며 다시 집으로 들어가 마스크를 꺼내 쓴다. 이렇게 해야 제대로 외출 준비가 완료되는 것이다. 젊은 시절 회사에 다닐 때 하얀 와이셔츠에 타이를 매고 회사에 출근해야 했듯이, 요즈음 마스크는 우리에게 없어서는 안 될 제복 같은 것이 되어 버렸다.

  두 눈만 남기고 얼굴의 대부분을 가린 채 서로 마주 보면, 자주 만나는 사람 아니면 그가 누구인지 가늠하기가 어렵다. 얼굴의 반 이상을 가린 채 사람을 만나게 되면, 이목구비 중 눈만 볼 수밖에 없다. 양옆에 귀가 달려 있지만, 관상쟁이가 아닌 다음에 귀를 유심히 보는 사람은 드물 것이다. 왜 그럴까? 눈은 웃을 수 있고 성낼 수 있으나, 귀는 그렇게 할 수 없기 때문일 것이다. 은행이나 백화점의 여직원들이 하얀 마스크를 쓰고 있는 것을 보면, 그들의 눈은 웃고 있어서 그런지 누구나 아름답다. 특히 여자들은 눈 화장을 예쁘게 하고 있어서 그런지, 더욱 아름답게 보이는 것 같다.

얼마 전 삼성병원에서 수술을 받기 위해 휠체어에 앉아 대기하던 중, 연두색 가운과 헤어캡을 쓰고 마스크를 한 간호사가 내게 다가왔다. 수술 전 몇 가지 확인하기 위해 내게 질문을 했는데, 초조 불안했던 나는 초등학생이 선생님께 대답하듯이 또박또박 대답했다. "참 잘했어요. 마음을 편히 가지세요." 오랜만에 칭찬을 받은 나는 간호사에게 모든 것을 맡기고 싶어졌고, 마취약이 전신에 퍼지면서 무의식의 블랙홀로 빠져들어 갔다. 수호천사와 같이, 나의 어머니같이, 내 아내와 같은, 미소 짓는 그녀의 예쁜 눈을 지금도 잊을 수가 없다.

요즈음 코로나 시대의 삶은 한마디로 말해 고립의 삶인 것 같다. 관계와 만남의 삶이 망그러져 나의 공간적 경험은 최소한으로 좁혀져, 사회생활을 거의 잃은 채 아내와 둘이서 같은 공간에 갇혀 새로운 질서에 고립되어 있는 것이다. 그것은 마치 절해고도에 표류된 두 사람이 사냥하고 먹고 자는 것처럼 똑같은 행위를 반복적으로 되풀이하고 있는 것이다.

그래서일까? 어제 일어났던 일, 일주일 전에 일어났던 일, 그리고 한 달 전의 일이 구별되지 않는 것이다. 마치 비행기를 타고 이륙한 지 얼마 지나, 3만 피트 이상 상공에 오르면 비행기가 가는 건지 서 있는 건지 분간이 안 될 때가 있는 것처럼, 나의 일상 역시 가고 있는 건지 서 있는 건지 알 수가 없다. 우리 본래의 삶은 어떤 공간으로부터 다른 공간으로 쉼 없이 이동함을 되풀이하고 있는 것인데도 말이다.

어느 학자는 "현대인은 관계 과잉의 삶을 살아가고 있다."고 말한다.

현대인들은 외로움을 참지 못해 자꾸만 관계를 만들어 가기도 하지만, 관계 속에서 자기의 정체성을 확보하기 위해 관계를 확장시켜 나간다. 역사라는 것이 공간 기억을 적어 내려간 것이라고 한다면, 요즈음 내 일상의 공간 경험은 아내와 둘이서 살고 있는 집안과, 두어 시간씩 운동 삼아 다녀오는 신대호수뿐이다. 나의 일상은 아내와의 관계가 거의 전부일 정도로 아주 단순해졌다. 아내가 장 보러 나가면 따라가서 짐을 들어 주고, 조금 멀리 나가면 차를 몰아 데려다주는, 아내와의 관계 속에서 나의 정체성을 찾을 수밖에 없게 되었다.

몇 달 전부터 설거지를 맡아 하다가, 점심 식사 요리도 내가 맡기로 한 지 한 달이 넘었다. 우리 집은 점심으로 으레 국수류를 먹어 왔는데, 인터넷을 보며 면류 몇 가지에 대해 집중적으로 요리 연습을 해 두었다. 짜장면, 스파게티, 자루소바, 자루멘, 칼국수 등이 나의 쿠킹 메뉴이다. 무엇보다 즐거운 것은 집 사람이 내가 만드는 요리를 맛있게 잘 먹어 주는 것이다. 오전 11시부터 무얼 먹을까 아내와 상의하고, 메뉴가 결정되면 재료 준비를 하여 종류별로 그릇에 담아 둔다. 순서별로 프라이팬에 투여하고, 다른 한편으로 면을 종류별로 선택하여 삶는다. 양념과 삶아진 면을 접시에 담아 식탁에 내어 놓으면, 식사 준비 끝냈다고 아내를 부른다. 식사를 끝낸 후, 설거지까지 끝내면, 오후 2시가 거의 되고, 두어 시간 산보를 하고 나면, 나의 일상은 끝난다.

코로나가 오기 전, 고립은 우리를 외롭게 하고 그것을 참지 못하게 했다. 그래서 우리는 늘 모여서 일하고 쉬고 먹고 마시며 살아온 것이다. 반세기 이상을 관계 과잉 속에서 살아온 우리는 앞만 보고 달리다

보니 뒤를 돌아볼 겨를이 없었다. 오히려 관계를 많이 쌓아온 사람 순서대로 성공을 나누며, 실패한 자들을 닷지볼 Dodgeball 라인 밖으로 밀어내곤 했다.

나의 정체성은 수많은 관계 속에서 이름 지어졌고, 관계를 떠나서 단 하루도 숨 쉴 수 없었기 때문에, 관계의 사슬에 묶여 있었어도 나는 그것을 자랑스러워했지, 불행하거나 슬퍼하지 않았다. 성공한 자들 스스로 명령하기를 '뒤돌아보지 마라. 독일 병정처럼 앞만 보고 달릴 뿐이다.'

그동안 나를 스쳐 간 사람은 셀 수 없을 만큼 너무 많아서, 지금 내 곁에는 거의 남아 있지 않게 되었다는 역설을 코로나가 가르쳐 주었고, 내가 숨을 거둘 때, 곁에 남아 작별해 줄 사람은 아내밖에 없다는 사실도 새삼 깨닫게 해 주었다. 코로나는 내게 앞만 보지 말고, 멈추어 서서 뒤를 돌아보라고 가르친다. '뒤돌아보면, 그곳에 홀로 벌거 벗은 채 불안하게 서 있는 네가 보일 것이다.'

동무 없인 식사를 못하고 동무 없인 산보를 할 수 없었던 나는 주위에 누구 없어도, 홀로 식사를 할 수도 있고, 홀로 호숫가를 산보할 수 있게 되었다. 싯다르타가 그의 동무 다섯 명으로부터 홀로 되어 중도의 길을 찾았듯이, 나도 홀로 되어 나의 중도의 길을 가리라. 〈비창〉 교향곡 제4악장, 〈불꽃이 사위어 가는 소리〉가 방 안을 흐르고 있는데, 코로나는 내게 '홀로 되는 법'의 마지막 강을 가르친다. '아내를 두고 홀로 떠나는 길과 아내를 보내고 홀로 남는 길에 대하여.'

기
다
림

없
는

슬
픔

세대 간에 시간적 단절은 깊어지고 시멘
트처럼 굳어져 간다. 내가 쓰는 언어가 과
거의 언어로 단절되는 것은 그렇다 치고,
내가 전혀 다른 세상에 고립되고 있는 건
아닌지, 그것이 두렵기만 하다.

－「시간, 그 지속과 단절」 중에서

2부

혼자서 가는 길

수수愁愁

　　늦가을 문턱, 우리 집 근처에 있는 호수 둘레길을 걷고 있다. 나지막한 숲길도 있고 그 길을 벗어나면 호수를 끼고 걸을 수 있는 둘레길이 펼쳐진다. 그렇게 걷다 보면 호수는 다시 숲에 가려져 보이지 않게 되고 어렸을 적 기억에 낯익은 시골길을 걷게 되는데, 용인으로 시집간 누님 집을 찾아 걷던 일이 생각나기도 한다. 나를 업어 키우셨다는 누님, 돌아가신 어머니만큼이나 연세가 되신 누님 집을 찾아 오늘도 나지막한 고개를 넘고 있다. 나무의 종류도 다양해서 단풍 색깔도 가지가지이다. 햇살이라도 반사하게 되면 마치 명절 때 새로 지어 입은 색동저고리처럼 화사하기까지 하다.

　그 화사함 속에 아름다움만 있을까? 슬픔도 함께 들어있겠지 하는 마음을 감출 수 없다. 저 나무들의 슬픔은 과연 어떤 모습일까? 슬퍼질 때는 화사한 옷들을 꺼내 입는 걸까? 생명의 유한성에 대해 거부하는 몸짓을 저와 같이 하고 있는 건 아닐까? 일체유심조一切唯心造, 괜한 생각일까? 하루가 다르게 색깔이 노쇠해져, 밝음에서 어둠으로, 부드러움에서 뻣뻣함으로, 그리고 삶에서 죽음으로, 그렇게 변해가고 있다. 마치 이렇게 걷고 있는 내 모습처럼 말이다. 언제나 가을은 내게 속삭인다. '있잖아, 그거. 응? 기억을 더듬어 보라고.'

육십 대 초반쯤 되었을까? 내가 천안에 살았을 때, 머리가 아플 때면, 승용차로 삼십 분쯤 달려 공주 마곡사에 가곤 했다. 태화산에서 흘러내린 개울물이 마곡사를 왼편으로 끼고 휘돌아 흐르는데 경내로 들어가려면 극락교를 건너야 한다. 다리를 건너면서 극락세계가 펼쳐지는데, 5층 석탑 앞에 잠시 멈춰 서면, 늘 그렇듯이 석탑은 나를 겸연쩍은 듯 물끄러미 쳐다볼 뿐이다. '극락세계는 뭘.' 이렇게 말이다.

이곳저곳 기웃거리다가 선재길을 따라 올라가면, 산자락에 조그만 동네가 보인다. 옛날엔 사하촌쯤 되었겠지 혼자서 제멋대로 상상해 보면서 걸음을 멈췄다가 다시 갔던 길을 되돌아오곤 했다. 나의 '소요유逍遙遊'는 대충 두어 시간 걸려 끝나는데, 산자락에 펼쳐진 늦가을의 모습에서 내 눈에 들어오는 것은 형형색색의 풍경이기보다는 오히려 처연함 또는 홀로 된 불안을 떨칠 수 없는 그런 것이었다. 이 장면에 어울리는 음악이 있다면, 피아노나 바이올린보다는 첼로로 연주되는 곡이 더 잘 어울릴 것 같았다.

고교 시절 국어 교과서에 등재되었던 정비석 님의 금강산 기행문 『산정무한』은 그 당시 대학 입시에 많이 출제되던 주옥같은 글이었다. 나 역시 입시를 앞두고 있었기 때문에 이 글을 안광이 지배를 철하도록 읽었다. 가을 금강산을 묘사하는데 님의 무궁무진한 어휘가 쏟아지면서, 산의 숨소리까지 놓치지 않고 수만 가지 나무가 서로 의

지하고 어우러지는 모습을 그려 나간다. 그 당시에는 잘 몰랐지만, 지금 생각해 보면, 그 장관이야말로 화엄의 세상을 유려하게 그려낸 게 아닌가 내 멋대로 해석도 해 본다. 우리에게 중요한 대목은 이 글의 전 중반보다 마지막 대목에 있었다. 왜냐하면 대학 입시 문제가 그곳에서 많이 나왔기 때문이다.

가을이 내게 더듬어 보라고 속삭이던 기억 중에 하나는 수수(愁愁)라는 것이었다. '고작 칠십 생애의 희로애락을 싣고 각축하다가 한 움큼 부토로 돌아가는 것이 인생이라 생각하니 의지 없는 나그네의 마음은 암연히 수수(愁愁)롭다.' 마의태자의 무덤 앞에서 『산정무한』은 이렇게 끝을 맺는다. '수수롭다'라는 말뜻에 대하여 선생님은 우리들에게 어떻게든 설명해 주셨으리라 생각한다. 그러나 달리 추측해 보면, 수수에 대해 긴 의역이 필요 없었기 때문에 잠깐 언급하고 넘어 갔을 수도 있었겠다. 그래서일까? 나는 선생님의 수수에 대한 어의 설명에 대해 기억하고 있는 것이 전혀 없다. 다만 또렷이 기억에 남는 것은, 선생님의 설명은 내가 말끔히 이해하기에 부족했다는 사실이다. 그때 왜 질문을 못 했지? 모든 학생이 이해하고 넘어가는데 나 혼자 미운 오리 새끼처럼 선생님께 질문할 용기가 없었을 것이다.

그 이후 졸업할 때까지 수수에 대해 선생님과 대화한 적은 한 번도 없었다. 수수는 질문하려다 만 상태로 내 목구멍 어딘가에 걸려 어른이 될 때까지 잠복하고 있다가 가을이 되면 내 가슴으로 내려와 '내 정체를 알겠니?' 하며 고개를 내밀곤 했다. 수수를 한자로 쓰면 가을 秋 밑에 마음 心을 쓴다. 가을의 마음, 근심할 '수(愁)'이다. '수수롭다'의 사전적 의미는 '마음이 서글프고 산란하다'인데 가을의 마음, 근심에서 연유했을 것이다. 여기서 키워드를 정리해 보면, 가을의 마음인 근심, 서글픔, 산란함 등으로 된다. 과연 몇개의 키워드를 갖고 수수의 퍼즐이 풀릴 수 있을까?

옛날 농경사회 시대, 가을은 아이들에게 풍요로웠다. 새 옷을 입을 수 있고 예쁜 신을 신을 수 있고 얼마 동안 배불리 먹을 수도 있었기 때문이다. '한가위만 같아라.' 잠시 스쳐 가는 풍요를 아쉬워하는 말이다. 그러나 부모의 마음은 풍요롭지 못했을 거다. 수확한 식량으로 내년 보릿고개를 넘길 수 있을까? 딸아이의 혼수를 어떻게 장만하지? 월동 준비는 어떻게 하지? 작년 보릿고개 때 진 빚은 어떻게 갚지? 그래서 '가을 추' 밑에 '마음 심'을 넣어서 '근심할 수' 자를 만든 것 같다. 가을의 마음은 근심 걱정인 것이다. 그렇다고 이것이 내가 찾는 '수수'의 정체는 결코 아니다. 나의 감성적 구조는 결코 퍼즐 맞추기 정도로 풀릴 수 있는, 그렇게 단순한 구조로 되어 있지 않다.

청소년 시절 기관지가 좋지 않았던 나는 가을이 되면, 심한 몸살감기로 일주일 이상 집에서 앓아눕기 일쑤였다. 가난한 집안이라 그저 낫기만을 기다리며 누워 있을 뿐, 다른 치료 방법이 없었다. 어머니는 내게 뜨거운 콩나물국으로 목을 지지면 낫는다고 하셨다. 입맛이 쓰더라도 먹고 기운을 차려야 한다고 하시며 안타까워하셨다. 그때 어머니 모습을 생각하면 지금이라도 당장, 어디 아무도 없는 곳에 가서 큰소리로 엉엉 울고 싶다. 나는 가을이 정말 싫었다. 그 당시, 가을에 대한 나의 기억을 요약하라면, 몸살감기 콩나물국 장기 결석 그리고 나의 어머니이다.

그런데 이상하게도 대학교에 입학하면서 가을 몸살감기는 내게서 천천히 떠나기 시작하더니, 바쁜 사회생활 속으로 빠져들면서 흔적도 없이 사라졌다. 나의 장년기 30여 년간, 나는 마치 범죄 전과자가 자기의 전과를 숨기며 살듯, 철저히 수수를 숨기며 살았다. 내가 살았던 조직사회는 오로지 목표와 성과만 있을 뿐, 센티멘탈한 가을은 사치였다. 나는 아주 단순한 감성적 구조를 가진 독일 병정처럼 앞만 보고 달리는, 승리에 대한 욕망으로 꽉 찬 무사처럼 살았다. 그러니 그 욕망 속에 가을이 자리할 공간이 있었겠는가?

그러다가, 수수와 다시 만나게 된 것은 천안에서의 15년간이었다. 내 나이 노년에 접어들었고 그 회사 조직에서는 큰어른이었기 때문에, 수수를 밖에 드러낸다 해도, 감히 내게 사치라고 시비할 사람은 없었다. 수수는 늘 내 가슴속에서 숨 쉬고 있었고 가을이 되면, 알 듯 모를 듯, 으레 수수와 숨바꼭질 놀이를 하곤 했다. 그럼에도 불구하고, 수수의 정체에 대한 나의 의문은 여전히 가을이 짙어지면, 선승들의 마음속에 숨겨진 화두처럼 나의 가슴속에서 뭔가를 기다리며 가만히 숨쉬고 있는 것이다. 어느 때는 슬픔처럼 어느 때는 그리움처럼 또 어느 때는 홀로 서 있는 불안처럼, 감기 몸살처럼, 그리운 어머니처럼, 그러면서도 이 세상의 언어로써는 도저히 표현할 수 없는, '愁愁'는 내게 던져진 영원한 화두인 것 같다.

나의 봄

　　봄은 소리 없이 한 번에 몰래 오는 것 같다. 마치 숨죽이며 걷는 고양이처럼, 누구의 눈에도 띄지 않는 곳에 웅크리고 있다가 날랜 한 개의 동작으로 그 모습을 드러낸다. 창밖으로 보이는 만개한 벚꽃은 내 눈을 의심하게 한다. '아니 벌써?' 그러기가 무섭게 간밤에 바람이 몰고 온 봄비를 맞았는지 꽃잎들은 땅에 떨어져 나뒹구는데, 김영랑 시인은 이런 봄을 가리켜 "찬란한 슬픔의 봄"이라 표현했다.

　　살을 저미는 것 같은 한겨울 추위에도 서둘러 입춘대길立春大吉을 대문에 써 붙이고 기다린 봄이 아닌가! 봄을 기다리는 마음은 생명을 가진 모든 것이 스스로 살아 있음을 신명神命으로 깨우치는 것이기 때문에 더욱더 절실한 것이 된다. 얼떨결에 '봄을 여읜 설움'도 잠깐, 삼백예순 날을 다시 기다리며 또 다른 나의 새봄을 꿈꾸게 될 것이다.

　　봄의 어원을 굳이 찾아보려 하는 것은 글이나 대화의 서두를 꺼낼 때 스스로 공감을 얻기 위함이다. 어원을 찾는 방법이 상식적 추론에 의해 전개되고 비전문가의 상식이 통할 때, 오히려 흥미로울 수도 있다. 그러나 고대 이집트어나 몽골어를 우리 고대어와 비교하면서 언어 구조가 어떻게 변천되었다는 등, 과학성을 확보하려는 것을 보면, 머리가 아프고 재미가 없다. 오히려 공감을 얻기가 더 어려워질 것이다.

그러나 봄春은 '보다見'의 명사형이라고 전제하고 보면, 보다 쉽게 봄의 어원에 접근할 수도 있다. 한편 겨울의 동사 원형은 '겻다'인데 사라진 지 오래된 말이라고 한다. 존칭어 '계시다'만 남아, 겻다-겨시다-계시다로 진화한 것이란다. '겻다'라는 동사는 '어디 어디에 머무른다'는 뜻이 되어, 겨울이라는 보통명사의 어원이 되기도 하는데, 겨스을-겨을-겨울로 진화하였다고 한다.

겨울 추위를 견디기 위해서는 동굴 속이나 집 안에 오랫동안 동면冬眠 비슷하게 머물러 있다가 때가 되어 따듯한 바람이 불어오면 밖에 나가 제일 먼저 하는 행동은 바깥세상을 보는 것이다. 굶주림과 단절의 고통을 겪으면서도 한 줄기 따스한 봄 햇살이 기억 속에 뚜렷이 새겨져 있기 때문에 생명줄을 붙들고 기다릴 수 있는 것이다.

봄은 계절의 시작이고 시작은 항상 희망을 품고 있다. 역사 소설 가운데, 나이를 여쭐 때 춘추春秋라는 말을 쓰기도 한다. 농경사회에서 봄은 일 년의 시작이고 가을은 봄의 완성이기 때문에 춘추라고 하면 일 년의 시간을 뜻하는 게 되는 것이다.

당나라 현종 때 시성詩聖 두보는 '안록산의 난' 중에 집을 떠나 수년간 유랑하는 신세가 된다. 굶주림과 공포 속에서도 많은 시를 썼는데 그중에서 이런 시구詩句가 있다. 금년 봄도 덧없이 지나가는데 고향엔 언제 돌아가려나今春看又過 何日是歸年. 지난겨울 헐벗고 굶주림 속에서도

유태표 수필집 | 기다림 없는 슬픔

따듯한 봄이 되면 반드시 고향에 돌아가리라고 희망을 했건만, 봄이 왔다가 지나가는 것은 덧없는 찰나의 순간인가? 신기루와도 같은 허무한 꿈인가? 두보의 봄은 언제나 '찬란한 슬픔의 봄'으로 끝나곤 하였다.

요즈음 봄을 맞이하는 내 마음은 봄이 와도 봄 같지 않다. 「빼앗긴 들에도 봄은 오는가」 이상화 시인의 봄은 희망 대신에 절망이었던 것 같다. 그러면서도 봄이 오기를 손꼽아 기다려 보지만, 봄은 그에게 희망 대신 절망을 주고 달아나기를 되풀이할 뿐이었다. 그에게 봄은 요즈음 쓰이는 말로 희망 고문, 바로 그런 것이었던 것 같다. 어둠 속에서 가냘픈 한 줄기 빛에 생명을 건 희망의 봄은 매번 소리없이 왔다가 사라지는 무정한 꿈으로 끝나기 일쑤였다. 그는 결국 희망의 봄을 보지 못한 채 해방 두 해 전에 세상을 떴다.

희망을 품는다는 것은 기다린다는 것이다. 그러나 그 희망은 매번 되풀이되다가 나를 실망의 늪으로 빠지게 한다. 그렇다고 나의 기다림을 멈추고 싶지는 않다. 이렇게 매년 나의 봄을 빼앗긴 채, 수년간을 살다 보니 이제는 봄이 와도 그러려니 하고 바라만 볼 뿐이다. 그러나 기억속에 남아 있는 한 줄기 빛과 같은 희망을 가슴에 담고서, 빼앗긴 나의 봄을 다시 찾을 때까지 나는 깨어 있어야 한다고 다짐을 하기도 한다.

정의가 없는 세상에서 산다는 것은, 봄이 없는 추운 동토에서 사는 것과 같다. 4년 전 어느 날 악마들의 선동과 주술로 인해, 아무 죄 없는 우리 대통령이 탄핵되어 감옥에 갇히게 되었다. 신문들과 텔레비

전은 악마들에게 점령되어 가짜 뉴스가 판을 치고, 하늘이 우리에게 축복으로 내리신 여성 대통령을 악마화하는 데 혈안이 되어 있었다.

잃어버린 정의를 찾기 위해 매주 토요일 광화문 광장에서 수십만 명이 모여 집회를 한다. 그곳에 가면 정의와 진실이 있었다. 그곳에 가면 세례자 요한들을 볼 수 있고, 그리웠던 옛 동무들과 만날 수 있었다. 도심 한복판에서 수십만 명이 모여 집회를 한다면 그것은 큰 사건이었는데도 TV 어느 채널에서도 뉴스로 다루어 주지 않았다. 캄캄한 어둠 속에서 우리들끼리 정의를 외치고, 행진을 하며 끝을 맺는다. 기다리는 나의 봄은 도대체 얼만큼 와 있는 걸까.

일 년에 서너 번씩 만날 수 있었던 손자들을 영상통화로 보면 훌쩍 커 있다. 코로나19로 인해 만나 보지 못하는 아쉬움은 있지만 영상통화로 만나보는 것도 그런대로 기다려지는 주말의 일과이다. 특히 큰 손자는 지옥 같은 중학교 입시를 치른 후 제법 철이 들어 있다. 뭘 물어보면, 신중히 짧게 딱딱 끊어서 대답한다.

입시 준비하는 동안 내가 그 애한테 가장 많이 해준 얘기는 "너는 할 수 있어!" 용기를 주려고 하면, 그 애는 내게 "잠을 한 시간씩이라도 줄여 볼까?" 제법 의젓하게 나를 안심시키려 했다. 통화가 끝나고 나면 "어린 것한테 너무 심했나?" 하고 마음이 쓰였지만, 시험 날짜가 다가오면서 그 애 아비는 더욱더 타이트하게 밀어붙인 것 같다.

결국 그 애는 1차 시험엔 낙방하고 2차 시험에 명문 사립학교에 합격했다. 사실 말이지만, 1차 시험보다 2차 시험이 더 치열하고 어렵다. 그 애는 실패와 성공, 절망과 희망을 한꺼번에 경험하게 되었다.

"손자야 1차의 실패를 결코 잊어선 안 된다." 내가 그 애에게 해준 말이다. 오늘 영상 통화에서 본 손자의 얼굴은 새봄의 희망으로 꽉 차 있었다. 나는 그 애를 보면서 잠시나마 나의 찬란한 희망의 봄을 느낄 수 있었다.

오월이 되면

집 근처 신대호수가 있어 거의 매일 운동 삼아 그곳을 다녀온다. 광교산에서 계곡을 따라 흘러내린 물이 개울 지어 신대호수로 흘러들어 잠시 쉬었다가 어딘가로 흘러 나간다. 호숫가에 늘어선 이름 모를 나무들과 풀들이 낯익은 얼굴로 나를 바라본다. 우리는 매일같이 얼굴을 익혀온 사이라서 무심히 만나고 무심히 헤어지곤 한다. 그들의 무심은 가끔씩 내가 겪고 있는 현실에 대한 좌절감과 슬픔을 달래 주기도 한다. 그들은 늘 내 어깨를 다독거리며 현자의 언어로 속삭인다. '세상을 들여다보지 말고 무심히 바라보라.' 그들의 오월은 사월의 모습과 달리 시작을 넘어 생명의 모습을 당당히 갖추고, 연두색에서 푸른색으로 바뀌어 있다.

작년 오월, 이곳을 함께 거닐다가 문득 서서, 내 얼굴을 빤히 올려다보며 뭔가를 묻던, 손자놈의 눈 속에 담겨 있던, 푸른 하늘은 지금도 그대로 푸르다. 노천명 시인의 「푸른 오월」에는 이런 탄식이 있다. '내 젊은 꿈이 나비처럼 앉은 정오, 계절의 여왕 오월의 푸른 여신 앞

유태표 수필집 | 기다림 없는 슬픔

에, 내가 웬일로 무색하고 외롭구나!' 생명의 축제장에서 내뿜는 거칠고 단내 나는 숨소리를 시인의 섬세한 감성으로 감당하기엔 그 감동이 너무 컸으리라.

칠십을 훨씬 넘긴 나는 하루하루 깔딱 고개를 넘는 심정으로 살아가고 있지만, 계절의 여왕 오월이 되면, 푸른 이파리 하나하나를 닦아주며 오월을 붙들고 싶도록, 철없이 신명 나는 걸 참아 낼 수 없다. 오월이 되면 체념과 용서에 대한 이야기는 까맣게 잊히고, 잔인한 검투사처럼 거친 숨을 내쉬며 승리의 삶을 살고 싶어지는 것은 왜일까? 서른한 개의 날들을 저금통장에 넣어두고, 서른한 명의 반가운 이들을 골라, 하루에 한 명씩 만날 수 있다면 얼마나 좋을까! '내 젊은 꿈이 나비처럼 앉은 정오.' 나의 푸른 오월에는 어떤 추억이 숨겨져 있을까?

내가 다녔던 고려대학교는 매년 오월 초에 석탑 축제를 한다. 축제의 마지막 날, 어둑어둑해지면, 대 운동장 곳곳에 드럼통 한가득씩 막걸리를 담아 두고 누구든지 마시고 싶은 대로 마셨다. 축제 행사장엔 취기 오른 사람들이 서너 명씩 떼를 지어 먹이를 구하는 사자들처럼 교정을 어슬렁거리고, 본교생과 타교생들이 뒤섞이어 시끌벅적했다. 선남선녀가 짝을 지어 흩어져 교정 곳곳에 놓인 벤치에 앉아 밀어를 나누고 있었고, 짙은 라일락 향기가 작은 바람을 타고 그윽이 콧등을 스친다. 미네르바의 부엉이는 향기에 취해서인지, 밤이 이슥하도록 날개를 펼 생각을 안 하는 것 같았다.

그때 가톨릭 의대를 다니는 한 여학생을 만났는데, 어떻게 해서 만났는지 또렷한 기억은 없다. 영문은 알 수 없지만, 디오니소스 신이 내게 행운을 내려 주었는지도 모르겠다. 어두워져서 얼굴도 잘 보이지 않았지만, 그녀에게 호기심을 갖게 된 것은 의대생이란 것이었다. 그당시 여의사는 드물기도 했지만, 의사는 글자 그대로 의술을 지닌 스승이기 때문에 존경받는 사람이었다. 나는 처음에 약간 기가 죽어서, 물으면 대답하는 소극적 자세를 취했다. 얼마큼 시간이 지나 교문 밖다방으로 자리를 옮겨 차를 마시고 하다 보니, 집으로 돌아갈 시간이 되었다.

그녀의 집 안국동까지 데려다주겠다고 했더니 그녀는 사양은 했지만 거절하는 것 같지는 않았다. '우리 집은 전화가 없어서 그러는데…' 쭈뼛쭈뼛 내 말이 끝나기도 전에 그녀는 메모지에 자기 이름과 집 전화번호를 적어 주었다. 다방에서 나와 왜 그랬는지 모르지만 우리는 안암동에서 신설동까지 걸어 나왔다. 버스 정류장에 버스가 없으면 그대로 지나쳐 걸었는데, 설령, 버스가 있었다고 해도 다음 정거장에서 타기로 암묵적으로 동의하면서 계속 걸었다. 우리는 마치 오래전부터 만났던 사람처럼 서로에게 익숙해져 있었다. 내가 재미있다고 생각하면, 그녀도 재미있고, 그녀가 재미있다고 하면 나도 재미있는 것이었다. 쉴 새 없이 재밌는 얘기를 나누며 걸었는데, 6대 4의 비율로 그녀가 나보다 얘기를 더 많이 했던 것 같다.

무슨 얘기를 했는지 전혀 기억은 없지만, 그녀의 목소리는 보통 사람보다 한 옥타브 위의 고음이라는 것, 보통 여성들의 목소리가 첼로라면, 그녀의 목소리는 바이올린과 같았다. 우리가 동대문을 지나 종로통을 걸어서 3가쯤 왔을 때, 문제가 생겼다. 유객 행위를 하는 창녀들이 길을 막고, 우리를 희롱하는 것이었다. 얼마 동안 실랑이를 벌이다가 우여곡절 끝에 그녀를 데리고 빠져나오는 데 성공했다. 거의 통금이 다 되어서야 안국동 골목으로 들어서게 되었는데, 그녀는 나의 귀가를 크게 걱정하며 다음 날 전화를 꼭 해 달라고 했다. 손가락으로 저기가 자기 집이라고 하면서, 혼자 갈 수 있으니 이쯤에서 돌아가라고 했다.

오던 길을 되돌아 가는데, 승자의 발걸음은 조금도 무겁거나 힘들지 않았다. 통금 시간이라 불 꺼진 한길은 너무 고요해서 조금 무섭기는 했지만, 화신 앞을 지나 종로2가쯤 지나려는데 호루라기 소리가 들렸다. 근처 파출소에 끌려가면서도 순경들이 그처럼 반가울 수 없었다. 나는 그날의 일을 자초지종 진술하고 순경의 처분을 기다렸다. 친절한 순경 아저씨는 팔뚝을 내놓으라 하더니, 잉크 칠을 한 파출소 확인 도장을 찍어 주었다. 그것만 보여주면, 유치장에 들어가지 않고 통과될 수 있으니 지워지지 않도록 하라고 당부했다.

그 후에도 몇 군데 파출소에 끌려가서 학생증을 내보이고, 그날의 일을 자초지종 진술하는 절차를 되풀이하면서 나의 집, 장위동을 향해 걷고 있었다. 마라톤 평야에서 페르시아 대군을 무찌른 뒤, 승전보를 전하려 아테네로 달리던 파이디피데스처럼, 나도 승전보를 안고 장위동 고개를 넘고 있었다. 우여곡절 끝에 집에 도착했을 때는 통금이 해제된 후였다. 조심스레 담을 넘어 고양이처럼 방문을 열고 형 옆에 누워 잠에 들었다.

다음날 늦잠을 자고 일어나니 열두 시 가까이 됐다. 그녀에게 전화를 걸자면 한길로 나가 다방에서 커피 마시고 요금 얼마를 줘야 된다. 옷을 입고 주머니를 뒤져 보는데 그녀가 내게 준 메모지가 없는 것이었다. 전날 입었던 셔츠와 바지 주머니를 아무리 뒤져도 그녀의 메모지는 없었다. 도대체 어찌된 일인가? 그녀가 내게 메모지를 건네준 이후의 행적을 복기해 보았다. 종로 3가에서 그녀를 보호하기 위해 몸싸움했을 때? 파출소에서 학생증을 몇 번 꺼냈을 때? 그 외는, 메모지가 빠져나갈 까닭이 없었다. 메모지를 건네받을 때 흘낏 본 그녀의 이름도 최씨 성만 기억에 남을 뿐, 그녀의 정체성에 대해 아는 게 하나도 없었다.

처음엔 황당했지만, 이렇게 만날 수 없게 되는구나 하고 체념하게 되었을 때, 그 좌절감은 내게 몹시 큰 통증을 주었다. 그녀와 다섯 시간을 함께 한 오월의 어느 날, 그날 이후로, 나는 '홀로된 자'가 되어 있었다. 디오니소스 신의 변덕인가? 아니면, 저주인가? 연극이 시작되기도 전에 상대 배역을 잃어버린 나는, 텅빈 무대에서 '모놀로그'를 되뇌는, 어처구니없는 비극의 주인공이 되어 버렸다.

무명이 인연의 시작이기도 하지만, 그것은 곧 번뇌의 시작이기도 하다. 인연은 짧게 스쳐 갔지만, 그것은 아주 먼 하늘에서 보일 듯 말듯 깜박이는 별빛으로 남아 있다. 그런 탓일까? 나는 5월이 되면, 그 연극의 마지막 장면이 그리워지기도 한다. 캄캄한 밤중, 그녀가 손가락으로 가리켰던 그녀의 집은 아이러니 하게도 밝은 대낮이 되니 찾을 수 없었다. 지금도 안국동 근처는 나의 비밀스러운 추억의 명소로 되어있다. 오월! 지울 수 없는 한여름 밤의 꿈으로 남아, 내가 그날의 장면을 꿈꾸면, 그녀도 나와 꼭 같이 그날의 장면을 꿈꿀 수 있을까?

시간,
그 지속과 단절

　　우리 집 아래에, 아주 가까운 곳에 서원 중고등학교가 있고, 뒤로는 한길 건너편에 서현 초등학교가 있다. 문을 열면 아이들이 까르르 웃는 소리, 체육 시간에 떠드는 소리가 바로 옆에서 들리는 것처럼 시끄럽다. 며칠 전 동네 병원에 갔다가 약국엘 걸어가고 있는데, 어린 초등학생들이 학교에서 쏟아져 나와 인도를 가득 채웠다. 연두색, 노란색, 빨간색으로 가득 메워진 인도에서 이리저리 부딪치며 빠져나오는 데 애를 먹었다. 흑백 컬러의 내 얼굴도 그 속에 섞이고 묻혀서 잠시 상기된 얼굴로 가슴이 두근거리기도 했다.

　　예전에 무슨 꽃 축제장엘 친구들과 함께 가 본 적이 있었다. 그 축제는 잘 기획되고 정돈된 그런 것이었는데, 며칠 전 상현로의 인도에서 벌어진 꽃축제는 전혀 기획되지 않은 무질서의 축제였다. 무질서야말로 모든 질서의 시작이 아닌가! 장자의 혼돈왕混沌王 이야기가 떠오르는 게, 상상의 비약이 너무 지나친 건 아닐까, 겸연쩍은 웃음이 절로 나온다. 질서에 찌든 노인들은 가끔씩 무질서를 그리워한다. 여하튼

나는 잠시 그 꽃들 속에 갇혔었다. "아! 봄이 왔구나." 탄성이 절로 나올 정도로, 나의 봄은 그렇게 4월을 훨씬 넘기고 나서야 온 것이다.

꽃이 피어서 봄이 왔는지 봄이 되어서 꽃이 핀 건지 어느 것이 맞는지 모르겠다. 사람들은 벚꽃이 핀 것을 보고 봄이 왔다고 반가워한다. 그러나 노인이 된 나는 벚꽃을 보고 봄을 느끼기보다 무상이라는 형상을 바라보며 허망함을 느끼게 된다. 비바람에 떨어진 꽃잎들이 길가에 흩어져 날리는 것을 보면 모든 게 스산해져 외투를 껴입었는데도 추워서 몸을 움츠리게 된다. 이렇듯 하루 이틀간의 피고 지는 벚꽃들의 허망을 보며 노인들의 마음은 서글퍼진다. 모든 생명들은 그것이 아이들이건, 청년들이건, 심지어는 팔십 줄에 들어선 노인이건 누구에게나 봄은 기쁨이고 희망이여야 할 것이다.

중국 역사를 통틀어 네 명의 미녀가 있다고 한다. 전국시대 오나라를 멸망하게 한 서시, 후한 말 초선, 당나라를 멸망케 한 양귀비를 가리켜 경국지색이라고 하는데, 이들과 달리 빼어난 미모 때문에 나라를 위해 오랑캐 땅으로 시집을 가야 했던 한원제의 궁녀 왕소군이 있다. 열아홉 살 꽃다운 나이에 이역만리 낯선 오랑캐 땅으로 시집을 가서 고향을 그리워하는 왕소군을 두고, 어느 시인이 쓴 시 가운데 이런 시구가 있다. '오랑캐 땅에 와 보니 꽃이 없어, 봄이 와도 봄 같지 않구나 胡地無花草, 春來不似春' 꽃이 피니 봄인 것이지, 꽃도 없는데 어찌 봄이라고 할 수 있겠는가!

불가에서는 시간이 별도로 실체하고 있는 게 아니고 어떤 변화가 일어나는 현상에 의지해 있을 뿐이라고 한다時別無體 依法而立. 꽃이 피는 사태에 의지 해 시간(봄)이 있는 것이지, 봄이라는 실체가 꽃을 피우는 게 아니라는 것이다. 시간이란 무엇인가? 순간적으로 생겨나고, 순간적으로 멸하는 변화의 지속적 흐름이라고 한다利刹生利刹滅. 찰나라는 말은 매우 짧은 시간을 말하는데, 어떻게 측정된 것인진 몰라도 0.013초의 순간이라고 한다. 순간순간 변화하기 전과 후가 거의 동시성을 갖는 시간이란 것이다.

시간이 직선적으로 흐른다고 할 때, 과거, 현재, 미래가 동시에 움직여서 현재의 지금이 과거의 지금이 되고 미래의 지금이 현재의 지금으로 동시에 흐르는 사태가 지속적으로 일어나는 것이다. 이렇듯 시간은 지속성을 갖는 대신에 과거 현재 미래로 단절되는 역설을 지니고 있다. 과거의 지금은 기억 속에 쌓이고, 미래의 지금은 늘 기대되는 지금으로서 우리의 의식 속에만 있을 뿐이다. 『금강경』에는 이런 문구가 있다. '과거의 마음을 얻을 수 없고, 현재의 마음도 얻을 수 없고, 미래의 마음도 얻을 수 없느니라.'

동영상으로 만나지만, 막내 손자 놈이 좋알거리는 소리와 내년에 중학교 입학 시험을 앞둔 손녀딸이 내게 뭔가를 설명해 주는 이야기를 들으며, 나는 봄의 형상을 본다. TV에 뜨는 자막을 쫓아가기 힘들어 지는 것처럼, 그 아이들이 말하는 속도를 쫓아가기가 힘들어진다. 뻔한 얘기들이긴 해도 지난번에 못 했던 얘기들을 기억해 내며 설득하려 하지만, 단답형으로 대답할 뿐 별로 감흥이 없는 것 같다. 칠십년 전에 나의 할아버지가 내게 하셨던 말씀을 나는 어떻게 들었을까. 지금 손자들에게 말하고 있는 나의 언어는 이미 현재로부터 단절된 내 기억 속에 남아 있는 과거의 언어일 뿐이다.

나의 어린 시절, 할아버지는 동네에서 가장 연세가 많은 어른이셨다. 그런 할아버지를 동네 사람들은 문장門長 어른으로서 존경했다. 동네에서 개나 돼지를 잡을 때, 가장 맛있는 부위를 잘라 할아버지께 먼저 드렸다. 명절 때 서울에서 사는 사람들이 내려오면, 제일 먼저 할아버지께 인사를 드리러 찾아오곤 했고, 동네에서 타지로 나가게 된 사람들도 나가기 전에 인사를 드리러 할아버지를 찾아왔다. 동네 청년들에게 서당을 열어 한문을 가르치기도 했고, 동네에서 관혼상례가 생기면 그 절차를 할아버지께 물었다. 그 당시에도 시간의 단절은 있었지만, 할아버지와 우리들 간에 사용되는 언어 사이에, 이해할 수 없을 만큼의 시간적 단절은 없었다.

아내와 나는 아주 오랜만에 극장엘 간 적이 있다. 딸이 예약해 놓은 극장까지는 갔지만, 어떻게 극장표를 사서 들어가야 하는지 몰랐다. 한참 두리번거리다가 주위의 젊은 사람들에게 도움을 받아서 간신히 표를 받을 수 있었다. 상영관에 들어가기 전에 뭐라도 사서 주전부리를 하려고 해도, 그것 역시 전자 수속이 복잡할 것 같아, 그냥 들어갔다. 편리해야 할 IT 문명 속에서 나는 불쾌할 정도로 불편하다. 나와 내 자식들, 내 손자들과의 간격을 돌이킬 수 없을 만큼 더 멀리, 단절시켜 놓은 게 IT 문명이라는 것이다.

올림픽공원 안에 어느 음식점엘 갔더니 테이블 위에 전자 주문판이 놓여 있었는데, 자기가 원하는 음식을 메뉴 중에서 골라 셀프 주문을 하도록 되어 있었다. 내 친구와 함께 끙끙거리고 있는데, 종업원이 뛰어와서 주문을 도와주었다. 내가 어렸을 적엔 연세 많은 어른들에게 세상사는 법을 물었었는데, 세월이 바뀐 요즈음에는 나이 많은 우리들이 나이 어린 젊은이들에게 세상 사는 법을 물으며 살고 있다. 지금 껏 팔십을 살아온 이 세상이 요즈음 들어서, 더욱이 낯설게만 보인다. 세월이 쌓인 만큼, 노련하고 지혜로운 늙은이로 젊은이들에게 사표師表가 되고 싶은데, 세대 간에 시간적 단절은 깊어지고 시멘트처럼 굳어져 간다. 내가 쓰는 언어가 과거의 언어로 단절되는 것은 그렇다 치고, 내가 전혀 다른 세상에 고립되고 있는 건 아닌지, 그것이 두렵기만 하다.

노인의 천국

천안 사택에서 혼자 살았던 때 일이다. 저녁을 먹고 혼자서 TV를 보는데, 별안간 TV 화면이 색동옷처럼 여러 색깔로 선線을 이루어 돌아가는 것이었다. 순간적으로 어지러워서 소파에 쓰러졌다. 이렇게 죽을 수도 있겠다 싶어 정신줄을 놓아선 안 되겠다고 다짐하면서, 침실로 기어가 침대에 반듯이 누웠다. 한참 시나니 어시럼증이 어느 정도 가시고 정상적으로 움직일 수도 있게 되었다.

며칠 후 그 원인을 알아보기 위해 단국대병원 이비인후과에서 총체적인 테스트를 받았다. 이틀에 걸쳐 머리(뇌), 눈, 귀, 신경 테스트 등 진료를 받고 난 뒤, 이비인후과의 종합적 진단 소견은 '노인성 어지럼증'이라고 했다. 어렸을 때, 아이들이 방 안에서 뛰고 놀면, 할머니께서는 "어지럽다. 방 안에서 뛰지 마라."라고 하셨는데, 바로 이런 케이스라고 친절히 설명까지 해 주었다.

그때 내 나이는 예순을 넘은 지 얼마 안 되어서였는데, 의사의 소견이 내게는 충격적이었다. '내가 벌써 노인이라니! 무슨 병명이 그런

가? 이틀에 걸쳐 내 온몸을 샅샅이 뒤져 찾아낸 것이 '노인'이란 말인가.' 그러나 그 의사는 노인이라는 말을 조금도 주저함이 없이, 최초로 나에게 말해 준 공인公認 된 사람이었다.

그날 이후, 고개를 똑바로 한 채 어깨와 가슴을 활짝 열고, 걸을 때에도 힘차고 당당하게 걸었다. 눈과 목에 힘을 주고, 일에 대해 미심쩍은 것이 있으면, 누구를 시켜 알아보지 않고 직접 명료해질 때까지 붙들고 늘어졌다. 나 자신의 출근 시간보다 삼십 분 일찍 출근하고 퇴근도 늦게 했다. 내 몸속에 숨어 있는, 노인을 감추기 위한 나의 노력은 이렇게 시작되었다. 그것은 마치 얼굴에 흠집을 가리기 위한 화장과도 같았다.

회사 생활뿐만 아니라 내 개인 생활에도 절도를 정하고 거기에 맞춰 살려고 노력했다. 주말엔 일 관계로 하루는 골프를 하고 다른 하루는 반드시 산을 올랐다. 충청남도의 산들은 거의 다 올랐다 해도 과언이 아니다. 그러나 과유불급이라 했던가! 예순여덟 무렵, 속리산 문장대를 올랐던 것이 탈이 나서 골반통 증후군이란 병을 얻었다. 그럼에도 불구하고, 의사가 나더러 노인이라는 선고를 내린 일에 대한 나의 저항은 치열하게 계속되었다.

일흔하나에 은퇴한 후에도 나의 저항은 계속되었지만, 코로나가 세상을 덮쳐 온 후, 많은 노인이 목숨을 잃었고, 나의 저항에도 한계가 오고 말았다. 주민센터에서 화이자 백신을 맞으라는 통보를 받음으로써, 나는 노인으로 분류되었고, 노인이 해야 할 일은 체념을 늘려 나가는 것밖에 없었다. 친구 간에 서로 경계하다 보니 만날 기회도 적어졌

유태표 수필집 | 기다림 없는 슬픔

고, 전화로만 소통할 수밖에 없어, 했던 얘기 또 하고, 그러다 보니 전화하는 것도 시들해졌다. 나의 시간과 공간은 아내와 둘이서 집 안에 고립되어 있는 것이다.

하루 일상에서 내가 살아 있다는 것을 보여 줄 수 있는 것은 극히 제한적이 되었다. 점심 식사 준비를 하고, 설거지를 할 때, 두 시간 정도 걸을 때, 가끔 은행 사람들과 상담할 때, 수필 공부하러 문화센터에 갈 때, 열흘에 한 번 머리 깎을 때 정도이다. '그 외 시간'에는 죽은 거나 마찬가지다. 왜냐하면 인간들은 자신도 모르는 사이에 시간에 길들어져 왔기 때문인 것 같다. 시간이라는 라인 안에서 삶의 게임을 하다가 라인 밖으로 밀려나는 즉시 그의 의미 있는 삶은 정지되는 것이다. 우리 인간은 시간과 함께 살다가 시간이 우리를 거부하면, 집단에서 낙오된 한 마리 개미처럼, 정처 없이 떠돌다 사라지게 되는 것이다.

나의 청소년 시절까지만 해도, 우리나라의 사회구조는 농경사회였다. 요즈음 케이블 TV에서 방영하고 있는 〈전원일기〉의 장면이 농경사회의 모습이다. 마을의 최고 어른을 문장門長이라 하여 공경하고 농사의 절기, 병자의 치료, 관혼상례, 제반사의 택일 등을 그분에게 물었다. 농경사회에서는 연치가 오래된 분이 경험이 많아서 모든 것을 제일 많이 아는 어른으로 공경을 받았다.

흔히 '노'라는 글자를 '늙을 老'라고만 알고 있지만, 옥편을 찾아보면, 그 외에도 숙련, 익숙, 어른 등의 의미를 가지고 있다. 요즈음 나이 먹은 사람을 단순히 노인이라 부르지만, 농경사회에서 노인은 경륜이 쌓인, 지혜로운 어른으로서 존경받는 사람이었다. 그때가 그리워지는 걸까?

요즈음 노인들은 지하철 안에서 존경은커녕, 관심 밖의 사람으로서 별 대접도 못 받는다. 그들은 마음속에 이런 말을 숨기고 있을지도 모른다. '싸가지 없는 것들…. 그러려니 하고 산다.' 광화문 집회를 끝낸 노인들은 자기들 딴엔 애국하는 일을 했다고 자부심을 갖고 있는데, 다른 승객들은 이런 노인들을 본체만체한다. 온종일 행렬을 따라다니느라 얼마나 지쳤겠는가. 그러나 자리를 차지한 젊은것들은 머리를 숙이고 자는 척한다.

간혹 착한 젊은이에게서 자리를 양보받아 앉기도 하지만, 과연 그 젊은이가 노인을 공경해서 양보한 것일까? 아니면 동정해서였을까? 공자는 효도에 대해 묻는 제자에게 이렇게 대답한다. "네 부모를 부양할 때, 공경함이 없다면, 이는 개나 말에게 먹이를 주는 것과 무엇이 다르겠느냐?" 나는 항상 지하철에서 내릴 때면, 불쾌하고 서글픈, 복잡한 마음으로 내린다. 젊은이들아! 노인들의 이마에 깊고 굵게 파인 전사의 흔적이 보이지 않는가! 그들이 쌓아온 한 세기의 위대한 성취들에 대해 어째서 존경할 줄 모르는가!

하루 일상에서 짧게 제한적으로 살아 있는 나는 마치 죽음의 바다 가운데 위태롭게 솟아있는 조그만 섬과도 같다. 산더미 같은 파도에 삼켜지기도 하고 쓰러지기도 하며 지칠 대로 지친 작고 늙은 섬이다. 외롭고 불안한 늙은 늑대처럼 힘이 빠져 사냥도 못 하고, 집단으로부터 버림을 받을까 두려워, 젊은것들의 눈치를 살피며 하루하루를 보낸다.

젊은 의사에게 내 몸을 맡기고, 그가 진단하고 처방하는 대로 따르는, 내 몸은 이제 내 것이 거의 아니다. 일찍이 유산으로 물려받아 나 이만큼 살아온, 나의 오래된 집이다. 아직도 욕심이 남은 내 친구들은 낡은 집이 허물어지면, 하느님 오른편에 앉으신 예수님을 만나기 위해 천국행을 꿈꾸기도 한다.

열반적정涅槃寂靜. 열반이란 무엇인가. '불을 호 불어서 끈다'는 뜻이란다. 온갖 번뇌의 불꽃을 꺼 버린다는 것이다. 탐진치貪瞋癡 삼독三毒의 불이 꺼진 평온한 상태를 열반적정의 상태라 이른다. 적정이란 고요할 寂과 조용할 靜이 합쳐진 복합 단어이다. 조용함과 고요함은 어떻게 다를까? 조용함은 어떤 동작의 계속을 멈춘 상태이고, 고요함은 처음부터 아무것도 없는 상태를 말한다. 내 몸에서 타오르는 번뇌의 불꽃을 꺼버리고 '나'라고 하는 번뇌의 집이 생겨나기 이전의 상태로 돌아간다는 것이나.

나 같은 중생들에게 열반은 곧 죽음을 말한다. 부처와 그의 제자 아라한阿羅漢들은 살아있는 상태에서 번뇌의 불을 껐다고 하지만, 나 같은 필부들은 몸뚱이 그 자체가 번뇌이거늘, 어찌 몸뚱이를 놔둔 채 불이 꺼질 수 있겠는가. 나의 모든 번뇌가 동작을 멈추고靜, 처음에 나의 천지의 시작寂으로 돌아감으로써, 흔적도 없이 사라질 수 있다면 그보다 좋은 천국이 또 어디 있을까?

죽음 연습

　　지난 11월 5일 방광 내시경 검사 결과 방광 안에 작은 암이 발견되었다. 지난 8월 검사했을 때 크기보다 아주 작지만 조금 더 커졌다는 것이다. 당초 11월 9일로 수술 날짜를 잡았으나, 사전 준비가 복잡해서 11월 16일로 결정되었다. 수술 전날 딸이 삼성병원으로 데려다주었다. 일요일이라 그런지 복잡하던 병원 식당이 텅 비어 있어 우리 가족 세 명이 오붓하게 점심 먹기엔 너무 넓었다. 식사를 끝내고 딸은 입원실에 들어갈 수 없어 제집으로 돌아가고, 나와 아내는 입원 수속을 끝내고, 간호사의 안내를 받아 정해진 입원실로 들어갔다. 5년 전 입원했던 방보다는 작았지만 창문을 통해 가을 숲이 보이고, 아내와 둘이 머물기에 오붓한 게 좋았다.

　　잠자리가 바뀌어서인지, 잠이 오질 않아 서너 시간 자고 일어나, 열 시가 조금 안 되어서 수술실로 갔다. 다른 사람들에게 알리지 말라고 했지만 아내 혼자 수술 결과에 대해 불안해하고 두려워할 것 같아서, 아내의 형제들에게만 알리라고 했다. 아내에게 손을 흔들며 수술실로 들어가니 예쁜 간호사가 내게 몇 가지 질문을 했다. "아스피린은 언제부터 끊었습니까?" 나는 어린 학생이 선생님 앞에 서 있는 것처럼 약간 긴장하면서도 어눌하게 또박또박 대답했다. "지난주 월요일 끊었는데, 화요일 실수를 해서 아스피린을 먹고 말았습니다. 수요일부터는 정신을 차려 계속 끊었습니다." 간호사는 내 대답에 깔깔 웃으며 "아주 잘했어요." 칭찬을 받았는데 그렇게 기분이 좋을 수가 없었다. 나를 누르고 있던 불안감이 씻은 듯 사라지고, 수술대에 옮겨져 누웠는데, "마취 약 들어갑니다."라는 간호사의 말을 들으며, 전날 밤, 설친 잠이나 푹 자야겠다고 생각을 했다. 그런 다음 눈이 떠져서 주위를 둘러보니 회복실인 것 같았다.

"약 들어갑니다." 할 때와 눈을 떴을 때, 그 사이 몇 시간 동안, 나는 어디에 있었을까? 살아있는 모든 존재는 그들의 시간과 공간을 갖고 있다. 시간적 의미와 공간적 의미는 살아있는 모든 것의 존재 의의인 것이다. 둘 중의 하나라도 상실하면 그것은 살아 있는 것이 아니다. 그러면 나는 그사이에 죽었던 것일지도 모른다. 내 지인 중에 어떤 이는 이런 말을 하기도 했다. '수면 내시경을 받을 때 우리는 잠시 죽어 있는 것 같아요.' 그 말에 대해 잠깐 기억을 떠올리기도 했다. 죽었거나 또는 죽음에 아주 가까이 갔거나 둘 중의 하나일 것이다. 이번 수술에서도 집도의는 암 덩어리를 제거하는 것은 아주 간단하다고 했지만, 나와 아내는 고령인 내가 전신 마취에서 탈 없이 깨어날 수 있을까 걱정을 많이 했었다. 깨어나 눈을 떴을 때 제일 먼저 아내에게 알리고 싶었다.

임사체험을 해 본 사람들은 하나같이 꽃이 핀 길을 한참 걸어서 강에 이르렀는데 건너지 않고 되돌아왔다든지, 또는 명부사자冥府使者를 따라 어딘가로 갔는데 아직 때가 안 되었으니 돌아가라고 해서 돌아왔다든가, 등 여러 가지 경험담을 이야기하고 있다. 지금까지 여러 차례 수면 내시경을 받았지만, 한 번도 임사체험담 비슷한 것을 겪어 본 적이 없다. 간호사가 내게 마취약을 넣으며 깊은 잠에 들 것이라고 말하면, 몇 초도 안 되어 아무것도 모르는, 아무것도 보이지 않는, 아무것도 들리지 않는, 진공의 상태라 해야 할까. 나의 모든 감각, 지각, 인식, 기억 등 모든 능력이 완전히 정지된 상태로 되는 것 같았다.

불가에서 스님들이 새겨 둬야 하는 세 개의 교리가 있는데, 삼법인三法印이라 부른다. 기독교 신자들이 예배를 시작할 때, 소리 내어 다짐하는 사도신경使徒信經과 비슷한 것이다. 삼법인 중에 열반적정涅槃寂靜이라는 것이 있는데, 생명을 지닌 모든 것은 죽으면, 모든 번뇌가 멸절되고 번뇌의 집인 육신도 썩어 없어지고, 죽음 후의 세상은 고요하고 고요할 뿐이라는 것이다. 죽은 뒤에도 하늘나라로 올라가 하느님과 하느님 오른편에 앉아계신 예수님을 만나게 된다는 기독교의 신조와 전혀 다른 것이다. 불가에서는 사는 것도 없고 죽는 것도 없다고 한다不生不滅. 세상에 모든 것들은 인연에 의해 잠시 모였다가 인연이 다하면 흩어지는 것이라고 한다. 우리 속인들은 그런 상황을 가리켜 태어나서 죽는다고 한다.

나의 모든 것이 멸절된 상태, 고요하고 고요할 뿐인 상태! 나는 열반적정을 경험하고 돌아온 게 아닐까? 요도를 통해 수술 도구가 방광으로 들어가고, 수술 도중 출혈되고 있는 피를 퍼내기 위해 긴 관을 집어넣고, 소독을 위해 쉴 새 없이 식염수를 다른 관을 통해 집어넣는다. 긁어낸 암세포를 밖으로 퍼내기 위해 쉴 새 없이 로봇이 움직인다. 이 모든 것이 좁은 요도를 통해 들어가고 나가고 했던 것이다. 죽은 내 몸에서 벌어진 처참한 상황이 40여 분이나 지속적으로 벌어졌는데도 나에겐 적정寂靜 그 자체였던 것이다. 나는 아무것도 모른다. 수술 끝난 지 일주일이 되는데도 아직 통증이 남아 있어서 마약 성분의 진통제를 먹고 있는데도 말이다.

우리 몸 안에서 사랑과 미움이 갈등하고, 때로는 서로 긴장하고, 서로 견제하며 균형을 이루어 사랑은 사랑의 자리에, 미움은 미움의 자리에 있듯이, 생명과 죽음도 우리 몸 안에서 균형을 이루며 제자리를 지키고 있다. 노자 선생이 말씀하는 '유무상생有無相生'이란 게 이를 두고 하는 말인 것 같다. 유는 무를 있게 하고 무는 유를 있게 한다.

수술실로 실려가면서 나는 내게 물었다. '아직도 욕망이 남았는가? 아직도 욕망이 남아서 불타고 있는가?' 아내는 뒤에서 휠체어를 따라 쫓아오고 있다. 보호자로서 뒤따라오고 있는 아내의 얼굴을 힐끗 보며 어머니 얼굴을 떠올렸다. 아직도 내게 욕망이 남아 불타고 있음일까. 아내가 불쌍하고 자식들이 불쌍하고 손자들이 불쌍해지기 시작했다. 어째서 떠날지도 모르는 나보다 남겨질 사람들이 더 불쌍해지는가.

회복실에 옮겨져 눈을 떴을 때, 아내에게 알리고 싶었지만 알릴 길이 없었다. 정지되어 있던 폐 기능을 재활하기 위해 숨을 깊이 들이마시고 3초간 멈춘 후 뱉어 내기를 계속했다. 그렇게 하고 있는데, 어째서 '일면불 월면불日面佛 月面佛'이 불현듯 떠오르는 것일까? 당나라 시대 선사 마조 스님은 입적을 앞두고 병세를 묻는 원주에게 이렇게 대답했다고 한다. '일면불 월면불이라네.'

일면불의 수명은 1,800세이고 월면불의 수명은 하루 낮과 밤이라고 한다. 누구든 자기 수명을 살았다면, 길고 짧음이 없다는 것이다. 1,800년과 하루의 길고 짧음은 인간이 지어낸 척도일 뿐, 길고 짧음이 따로 없다는 것이다. 그래서 '나는 지금 죽어도 좋다'는 뜻으로 해석된다고 한다. 또 다른 해석은 이렇다. '해 뜨면 해님 보고 살고日面佛, 달 뜨면 달님 보고 살았지月面佛.' 산다는 게 별 건가! 아침이 되면 일어나고 배고프면 먹고 똥 마려우면 똥 싸고, 밤이 되면 잤지. 이보다 더 대단한 게 있다면, 그것 역시 허업虛業일 수밖에 더 있겠는가.

팔십을
앞에 두고

코미디언 서영춘 씨가 별세하기 며칠 전 후배 코미디언 모
씨가 문병을 갔다고 한다. "요즘 어떻게 지내나?" 서영춘 씨가 후배 코
미디언에게 묻자, "죽지 못해 삽니다."라고 대답했다고 한다. 이 말을
들은 서영춘 씨는 즉시 이렇게 일갈했다고 한다. "이놈아, 나는 살지
못해 죽는다." 서영춘 씨는 그 후 얼마 안 되어 암으로 세상을 떠났다.

죽지 못해 사는 것과 살지 못해 죽는 것, 얼핏 들으면 그 의미가 서
로 대척점에 있는 것처럼 들린다. 한 사람은 살고 있고 다른 한 사람은
죽고 있는 것처럼, 마치 삶과 죽음이 양극단에 서 있는 것처럼 보인다.
산다는 것과 죽는다는 것은 과연 서로 대척점對蹠点에 서 있는 반대 개
념일까? 기독교에서 말하는 천사와 악마가 서로 대립하고 있는 것만
큼이나, 밝음과 어둠이 양극단에서 서로 대척하고 있는 것일까?

만약에 우리들 세상에 죽음이 없다면, 우리들의 삶이 있을 수 있을
까? 뒤집어 말해 우리들 세상에 삶이 없다면, 우리들의 죽음이란 현
상이 존재할 수 있을까? 우리의 삶은 죽음이 그 존재 이유이고, 우리

의 죽음은 삶이 그 존재 이유가 될 것이다. 이처럼 삶과 죽음은 서로를 존재하게 하는 상관성을 지니고 있다. 삶과 죽음의 관계는 서로 멀리 떨어져 있는 별개로서 두 개가 아니고, 하나의 생명체에서 벌어지고 있는 하나의 자연적인 변화 현상일 뿐이다.

부처님이 임종하실 때, 사촌 동생이며 제자였던 아난다阿難陀가 서럽게 울었다고 한다. 부처는 아난다에게 울지 말라며 조용히 타이른다. '세상에 생명을 지닌 모든 것은 태어나 죽게 되어 있다.' 그것은 자연과학의 문제이지 슬픔과 기쁨의 문제가 아니라는 말씀이다.

아기가 생명을 받아 세상에 태어나면, 사람들은 그 탄생을 삶의 시작이라고 축복한다. 그러나 그 아이가 태어나 하루하루 사는 게, 자신에게 주어진 한정된 삶을 깎아 먹고 있다는 것을 알게 된다면 그것이 축복받고 기뻐해야 할 노릇만은 아닐 것이다. 노인들의 삶은 어떠할까? 그들에게 주어진 삶을 거의 다 깎아 먹었기 때문에 죽을 날이 멀지 않았다고 말할 것이다. 이렇게 따지고 보면 탄생은 죽음의 시작이고, 죽음은 삶의 마지막 과정이 되는 것이다.

플라톤 아카데미 TV에서 어느 연사는 그러한 삶의 과정을 이렇게 요약하고 있다. "생명을 가진 모든 것은 죽어야 하는 시간 속의 존재다. 우리의 세포들은 끊임 없이 죽고 새것으로 교체되며, 어느 한순간도 서로 같을 수 없다. 다만 조금 전의 기억을 되살려 이 순간의 나를 유지하게 할 뿐이다." 나는 그 말에 깊이 공감했다.

"인간은 이유 없이 태어나 우연히 죽는다." 프랑스의 소설가이며 철학자인 장 폴 사르트르의 말이다. 우리들은 모두 우리들의 의지와 상관없이 세상에 태어나져 얼마간 살다가 우연히 죽는다는 것이다. 우리들 주위엔 흔히 책상이나 걸상, 또는 볼펜이 있다. 이 사물들은 모두 존재 이유를 갖고 만들어져 세상에 나왔다. 존재가 형성되기 전에 본질이 먼저 형성되어 세상에 나온 것이다. 그러나 우리 인간들은 어떤가. 아무런 존재 이유 없이 세상에 던져지고, 스스로 존재 이유를 만들며 살아갈 수밖에 없다.

'존재는 본질에 앞선다.' 인간들에게 주어진 실존적 명제다. 존재 이유를 어떻게 선택할 것이며, 주어진 자유와 고독을 어떻게 견뎌 나갈 것인가? 우리 인간의 삶은 불안하고 고달프기 짝이 없다. 게다가 고달픔 속에서도 무한한 욕망을 성취하기 위해 경쟁하고 이긴 자에겐 영광을 진 자에겐 나락을 안긴다. 그러나 영광을 안은 자건 나락을 안은 자건 싸움의 흔적인 흉터를 지니고 살다가 때가 되면 죽어야 한다.

육십 중반의 어느 날, 회사 임원들과 부부 동반하여 경복궁 근처의 미술관에 간 적이 있다. 젊은 여자 큐레이터의 능숙한 설명을 들으며 작품들을 감상하고 있는데, 그녀가 내게 기습적으로 질문을 해 왔다. "만약에 사장님이 지금 삼십 대로 돌아갈 수 있으시다면, 어떻게 하시겠습니까?" 나는 즉각적으로 솔직히 대답했다. "삼십 대로 돌아가다니요? 너무 끔찍한 말씀입니다. 이대로 살다가 죽겠습니다." 큐레이터는 내가 지금까지 살아온 것보다 더 멋있는 삶을 다시 살아 보겠다고 대답할 줄 알았나 보다. 그녀의 표정은 약간 실망스러운 듯 보였다.

지금 팔십을 바라보는 사람으로서 지나간 세월을 돌이켜 보면, 삼십 대부터 육십 대까지의 삶이 가장 치열했다고 생각한다. 하루하루가 편안하게 지나가는 법이 없이 험준한 산을 넘으면 깊은 강이 나오고 강을 건너면 다시 험한 산이 앞을 막는다. 그 치열했던 전쟁터로 나를 다시 보내 주겠다고 하니, 거절할 수밖에 다른 대답을 할 수 없었다. 약 사십 년에 걸친 세월을 하루하루 죽어 온 것이라 해도 잘 죽어 온 것이고, 하루하루 살아온 것이라 해도 나는 잘 살아왔다고 생각한다. 왜냐하면 도처에 깔린 죽음의 그림자를 요리조리 피해 가며 힘겹게 살아남았기 때문이다.

사십여 년간 늘 정장 차림으로 아침 7시에 집을 나섰고, 밤 열한 시 이후에나 집으로 돌아오곤 했다. 임원이 된 후엔 더 바빠져 사오십 분 걸려 출근을 하면, 비서는 이미 회의 준비를 마치고 나를 맞았다. 이상한 것은 집에서보다 회사에서의 시간이 나에겐 더 편하고 익숙했던 것 같았다. 나의 친한 이웃은 집 근처 동네나 학교 동창, 친척에 있지 않고 회사의 동료들과 국내외 거래선에 있었다. 서른한 살 때였나? 섬유 제품을 팔기 위해 첫 해외 출장을 나가게 되었는데 사십 며칠간 일곱 개 나라를 여행하게 되었다. 출장 중에도 판매 목표를 달성하면 출장길이 가볍지만, 미달되었을 때 그 스트레스는 말로 표현할 수가 없다.

출장을 끝내고 돌아왔을 때, 웬 아이가 마루에서 추위에 볼이 발갛게 언 채 기어다니고 있었다. 아내에게 저 애가 누구냐고 물었더니 우리 딸이란다. 그 애가 누워서 몸을 뒤집으려는 것까지 보고 출장을 다녀왔는데, 엉금엉금 기어다닐 줄 전혀 상상도 못 했었다. 지금도 그때를 생각하면 딸에게 미안하고 눈물이 난다. 나는 거대한 조직 속에서 하나의 부속품으로서 그 기능을 다하려고 노력했지, 실존으로서 나의 모습을 드러내려고 하지 않았다. 제복을 입고 있는 나의 모습을 보여 줄 뿐, 나의 벌거벗은 모습은 완강하게 감추고 살았다. 그렇게 살아온 방식에 대해, 지금 돌이켜 생각해 보아도, 나는 결코 후회하지 않는다.

나와 아내는 지금까지 살아오면서, 백척간두에 서서 삶을 고민해 본 적이 없다. 그렇게 죽음 속에서 삶을 찾아야 할 만큼, 건곤일척의 비장한 결심을 해 본 적이 없다. 언제나 삶 속에서 삶을 찾는 세속에 익숙한, 무난한 삶을 살아왔다. 집안의 모든 일은 모나지 않은 성품을 지닌 아내가 맡아서 했기 때문에, 별 탈이 없어서, 나는 회사 일에만 열중할 수 있었다. 훗날 우리는 이 땅에 존재한 적은 있으나 이름과 얼굴을 잃어 버린 사람들 속에서, 지지고 볶으며 50년 이상을 함께 살다가 죽었다고 전해졌으면 좋겠다.

『수타니파타』에 나오는 '소 치는 사람 다니아'처럼 우기가 되면 우기에 대비하고 가뭄이 들면 가뭄에 대비하고 바람이 불면 바람을 막으면서 누구보다 열심히 일을 해서 재산을 일구고 유복한 생활을 해 왔다. 우리 가족이 사는 예쁜 집에 울타리를 둘러치고 그들의 행복을 지키는 데 아내와 나는 가장으로서 해야 할 일을 다 했다. 부처가 다니아의 집을 방문하신 것처럼 나의 집을 방문하신다면, 나도 다니아처럼 나의 세속적 성취에 대해 자신 있는 어조로 "신이시여 모든 준비를 다 해 두었으니 비를 뿌리 시려거든 뿌리소서."라고 노래하고 싶다.

혼자서 가는 길

회사 일에 열중했던 시절, 나는 반드시 몇 명의 동료와 함께 밥을 먹고, 함께 걷고, 함께 산에 오르곤 했다. 처음엔 직원들과 스킨쉽을 하기 위해 시작된 것이었는데, 그것은 나의 경영 스타일이 되어 버렸다. 함께 밥을 먹는다는 것은, 가족 간에 있을 수 있는 일이기에, 가족처럼 결속된다는 의미를 지니는 것이 된다. 특히 천안에서 혼자 살 때엔, 늘 그렇게 하곤 했는데, 주변에 있는 사람들은 나를 잠시라도 혼자 있게 놓아두지를 않았다.

어쩌다 주변에 함께 할 사람이 없을 땐, 밥을 굶기도 했다. 혼자 되었을 때만큼 내가 무기력해지고 불안할 때가 없는 것 같았다. 점심 식사를 할 때 회사 식당엔 VIP용 룸이 따로 있었지만, 나는 거의 그곳을 이용하지 않고 일반 사원들과 함께 줄 서서 식판을 들고 밥을 타서 그들과 함께 점심 식사를 하곤 했다. 100여 명이 함께 웅성거리며 식사를 할 때처럼 즐거운 식사 시간은 앞으로 나에게 없을 것이다.

일흔한 살이 되던 해 회사를 그만두고 집으로 돌아왔을 때, 가장 힘든 것은 무엇이든 내가 혼자서 해야 하는 일이 많아졌다는 것이다. 그 중에서도 제일 힘든 것은 모르는 사람에게 말을 거는 것이었다. 회사에서 일을 할 때는, 모르는 사람과 말을 거는 것은 가장 아랫사람들로부터 시작되었다. 여러 단계를 거쳐서 내가 나서야 할 때는 이미 상대방의 대표와 나는 서로에 대해 알 만큼 알게 되어 누가 갑이고 을인지 정해진 상태가 되어 있어서 대화를 시작하는 데 불편할 게 전혀 없었다. 천안에서 거래했던 은행을 용인 집 가까운 곳으로 옮길 때, 혼자 은행으로 가서 나를 어떻게 소개하며 말을 걸어야 할지 참 난처했었다. 궁리 끝에 서울 사무소에 연락을 해서 팀장의 도움을 받은 적도 있었다.

천안에서는 음식점이건 병원이건, 그곳에서는 내가 셀럽이었기 때문에 특별한 대접을 받았다고 생각한다. 빈번하게 저녁 식사 약속이 되어 있었는데, 그때마다 비서는 미리 음식점에 나에 대해 귀띔을 해 놓는 것 같았다. 그러나 그곳을 떠나 용인 집으로 돌아온 뒤, 이곳에서 나는 셀럽이 아니었고 사람들은 나에게 특별한 관심을 갖고 있지 않았다.

이곳은 내게 낯설고, 나와는 전혀 상관없이 모든 것이 돌아가고 있었다. 병원이나 음식점, 또는 낯선 곳에서 내가 상대방에게 뭔가를 물을 때 돌아오는 대답이 퉁명스럽거나 자기들이 쓰는 언어로 성의 없이 반응을 할 때, 몹시 불쾌했고 때로는 슬프기도 했다. 집에 돌아와서도 그런 기분이 오래 남곤 했는데, 나는 어느 먼 곳에서 온 이방인처럼 모든 것이 낯설기만 했다.

내가 참석하던 몇 개의 모임이 있었는데, 그 모임에 참석하는 사람들의 마음속에는 하나같이 지난 시절에 대한 관성이 그대로 남아 있는 것 같았다. 그 사람들은 대부분 나보다 10년 이상 일찍 회사를 그만둔 사람들이었다. 지난시절 우리들은 아침 일찍이 일어나서 출근 준비하고 정장 차림으로 집을 나서면 회사까지 도착하는 데 한 시간쯤 걸린다. 임원이 된 후엔 오전 8시까지 사무실에 도착하여 회의를 시작했다. 온종일 사무실 중심으로 일을 하다가, 저녁 일곱 시쯤 되면, 국내 거래선 또는 해외 거래선, 기타 건으로 나뉘어서 약속 장소로 흩어진다. 밤 늦게 집으로 돌아 오면 밤 12시쯤 된다. 이것이 종합상사에 다니던 우리들의 일상이었다.

수십 년 떼를 지어 생활하다가 어느 날 혼자가 되어 집으로 돌아왔을 때, 관성은 그대로 남아 있게 마련이다. 가족들 눈치가 보여 출근하듯이 아침에 집을 나와 여기저기 기웃거리다가 시간 되면 전철 타고 퇴근하듯이 집으로 돌아온다. 전철 안 경로석은 언제나 만원이다. 아직도 관성 속에 살고 있는 젊은 노인들, 미국의 어느 사회학자는 이 사람들을 가리켜 '고독한 군중'이라 불렀다.

나의 경우는 그들과 조금 달랐다. 일하기가 너무 싫어서 나의 선택으로 42년간의 회사 일를 그만 두고, 단국대학교 철학과에 입학을 했다. 단국대학교를 선택한 이유는 우리 집에서 가까워 통학하기가 쉬워서였다. 철학과 과장에게 3시간 동안의 인터뷰를 끝내고 3학년 학생들과 함께 수업을 듣는 것으로 학급을 정해 주었다. 일 년간의 철학 강의를 학생 신분으로 들었다는 것은 내 머릿속에 산만하게 저장되어 있던 서양철학의 파편들을 체계적으로 정리해 보는 기회가 되었다. 학과장이 '철학과 경영'이란 과목을 신설하려고 하는데, 일주일에 3시간씩 강의를 맡아 달라고 내게 부탁을 했지만, 그것이 내겐 너무 새로운 일이라서 자신이 없었고, 아내와도 상의한 끝에 거절했다. 여하튼 일 년간의 대학 생활이 범퍼가 되어 관성을 해소시키는 데 큰 도움을 주었다.

고독한 군중 속에 하나가 되기에 나는 너무 늦었고, 그런 모임에 가서 한 귀퉁이 자리를 메우다 집으로 돌아오는 것은 내가 꿈꾸던 은퇴 생활이 아니었다. 물론 내게도 관성 비슷한 것이 있었지만, 일흔을 넘는 나이에 여기저기 기웃거리는 꼴이 너무 싫었다. 병치레가 있어서 병원에 가는 것을 빼고는 외출할 일이 거의 없다. 만나기 싫은데 만나야 하는 고통으로부터 해방이 된 것은 마치 내가 진정한 자유를 얻은 것만큼 행복하다. 몇 개의 모임에도 전혀 발길을 끊었더니 이제는 내가 안 나오려니 한다.

나야말로 은퇴隱退라는 글자 그대로 '물러나 숨는' 모습이 되었다. 그 대신 단국대학교에서 이해가 부족했던, 칸트와 쇼펜하우어에 대해 동영상으로 집에서 공부를 하고 있다. 집 부엌에서는 내가 하는 일이 능숙해져서 점심 설거지뿐만 아니라 점심 요리를 내가 맡아서 하고, 일찍 일어나는 날엔 아침 식사 준비를 내가 하기도 한다. 그것은 나의 쉼이고 재미있는 놀이라고 생각한다. 나와 아내는 이제 군중들을 떠나 고독한 하나로 고립되어 가고 있다.

싯다르타가 출가할 때 그를 가장 힘들게 한 것은 그의 아내 야소다

라와 사이에 갓 낳은 아들 라훌라와 헤어지는 것이었다. 싯다르타는 아들의 모습을 보며 자신의 발목을 잡는 인연이 하나 더 생긴 것에 대해 "라훌라"라고 탄식했다고 한다. 라훌라라는 말은 속박, 장애물이라는 뜻을 갖고 있는데, 아들의 이름은 그렇게 해서 라훌라라고 지어졌다고도 한다. 싯다르타는 아들이 태어난 지 7일째 되던 날, 뱀이 묵은 허물을 벗어 버리듯이 관계들의 늪에서 벗어나, 어두운 밤에 몰래 성문을 빠져나와 코뿔소의 뿔처럼 혼자서 걸어가기 시작했다.

관계라는 것은 두 개의 자아가 서로를 지배하려는 똑같은 욕구나 의지를 갖추고 있는데, 그것들이 서로 화합 또는 충돌하는 사태라고 한다. 화합과 충돌이 전혀 다른 말 같지만, 관계 속에서 화합과 충돌은 같은 말이다. 충돌 없이 화합은 있을 수 없고, 화합이 길어지면 권태라는 놈이 생겨 또 충돌하게 된다. '인생에 모든 불행은 혼자 있을 수 없는 곳에서 생긴다.' 쇼펜하우어의 경구이다.

인간은 본래 혼자였는데 어리석게도 둘이 되는 인연을 맺는다. 습관도 다르고 생각도 다른 두 개의 자아가 사랑의 시를 노래하며 아슬아슬한 동거를 이어가지만, 결국엔 체념이라는 묘약으로밖에 치유될 수 없는 고통을 지니고 함께 살게 된다. 그렇게 인연으로 해서 불행이 시작되는 것을 잘 알면서도, 자식들에게 같은 불행을 되풀이하게 한다. 윤회의 고리는 어리석음 때문에 끝없이 이어져 흘러간다. 그것이 인간의 비극일는지도 모른다.

건국전쟁
감상기

4·19혁명이 일어나던 날, 중앙중학교 3학년 학생이었던 우리들은 고등학생 선배들을 따라 스크럼을 짜고 교문을 나섰다. 중앙청 앞까지 얼마 안 되는 거리를 뛰어갔기 때문에, 우리가 도착했을 때, 청사 앞 광장에는 이미 다른 학교 학생들이 와 있긴 했지만 그리 많지는 않았다. 우리들도 그들과 힘세해시 그곳에 앉아 노래를 부르고 있었는데, 한참 지났을까, 우리들 가까운 곳에서 총소리가 나기 시작했고 포연砲煙이 조금 떨어진 곳에서 피어오르고 있었다.

경찰은 우리들을 강제로 해산시켰고, 그 이후 어떻게 해서 내가 그곳을 빠져나오게 되었는지 전혀 기억이 나질 않는다. 지금 생각해 보면, 총소리가 나면서 그곳은 공포의 도가니가 되었고 경찰에 의해 해산되었기 때문에 그 상황을 기억 속에서 정리할 수 없게 된 것 같다. 혼비백산이란 게 이런 상황을 두고 하는 말이 아닐까?

시골에서 할아버지가 집에 와 계셨기 때문에 귀가가 늦으면, 야단 맞을 것 같아 종로 2가로 뛰어가서 버스를 타고 답십리 집으로 갔다.

그 당시 대학생이었던 형은 벌써 집에 와 있었고, 나만 귀가가 늦었던 것 같았다. 할아버지는 시종 엷은 미소를 띠신 채, 이런 어지러운 형국엔 늘 자중하고 선동하는 사람들에 휩쓸리지 말라는 당부를 하셨다. 라디오에서는 중계방송 하듯이 학생들이 죽고 다쳤다는 뉴스를 계속하고 있었고 형은 그 내용을 할아버지께 설명해 드리고 있었다. 지금도 나에겐 4·19 하면 떠오르는 기억 속에 늘 할아버지가 계시고, 아버지와 형과 함께 할아버지 앞에서 이런저런 말씀을 듣던 그때가 그리워지기도 한다.

할아버지는 데모라는 말이 귀에 거슬렸는지 우리들에게 '데모'가 아니고 '대모大募'라고 고쳐 주셨다. 대모란 크게 모였다는 뜻이다. 형과 나는 할아버지의 그 말씀에 이의를 달지 않고 "예, 알겠습니다."라고 했다. 할아버지의 언어와 우리들의 언어는 표현이 다를 뿐, 우연히도 그 뜻에 있어서 다를 게 없었기 때문이다. 할아버지는 또 이런 말씀도 하셨다. "이승만이란 사람과 경성에서 무슨 일로 만난 적이 있었는데, 나보다 몇 살 위였고, 야소교인이었다." 야소교耶蘇敎란 예수교를 말하는 것인데, 예수를 한자로 음역한 것이다. 아마 할아버지는 돌아가실 때까지도 예수를 야소로 알고 계셨을 것이다.

할아버지와 우리들은 시간적 차이만큼을 넘어서 구한말 시대와 대한민국 시대의 역사적 차이만큼의 넓은 간격으로 벌어져 있었다. 그러므로 할아버지의 언어와 우리들의 언어는 다를 수밖에 없었다. 할아버지와 나의 세월의 차이는 64년이 되고, 나와 나의 손자와의 세월의 차이도 64년이 된다. 손자의 언어와 나의 언어도 처음엔 같았는데 조금씩 달라지더니 지금은 완전히 달라져 있다. 업業의 윤회라는 게 이렇게 흘러가는 것인가 보다.

아내와 함께 동네 롯데몰 CGV에서 〈건국전쟁〉이란 영화를 보았다. 관객들 대부분이 내 나이 또래들이었는데, 같은 '아날로그' 세대라는 데 동족감이 느껴진 탓일까 반갑기도 하고 마음이 편했다. 이승만 대통령을 물러가라고 스크럼 짜고 데모를 하던 때가 엊그제 같은데, 우리들이 벌써 그분의 나이에 가까이 들어섰다니, 세월이 무상하기도 했다. 그분이 하야를 발표하기 이틀 전인가, 부상당한 학생들을 위로하고자 서울대 병원에 갔었는데, 입원해 있던 한 학생의 용태를 들여다보고 눈물을 흘리며 "총알을 내가 맞아야지 어째서 너희들이 맞았느냐?"라고 탄식했다고 한다.

무슨 독재자가 부상당한 학생을 들여다보고 눈물을 흘리며, 하야를 결심하는가. 이렇게 착한 독재자는 있을 수 없다. 독재자라는 형틀을 어디에 씌우려 드는가. 독재자를 알고 싶으면 가까이 평양엘 가 보라. 3대가 독재 세습을 하는 데 얼마나 많은 사람이 죽임을 당했는지 알기나 하나?

그때 대통령의 연세가 86세였는데, 이상하게도 그분의 언어와 우리들의 언어는 다르지 않았다. '불의를 보고도 항거하지 않는다면, 그건 젊은이가 아니다.' 자유민주주의의 본질을 이처럼 간결하게 표현할 수 있을까? 비슷한 또래의 우리 할아버지는 조선조 말기의 유교 이념으로 생각을 그쳤지만, 대통령은 일찌감치 미국으로 건너가 서양 학문을 배워서 자유민주주의의 가치를 알고 있었기 때문이다. 건국 이

넌 전쟁과 6·25 전쟁을 겪으면서 나라의 존망을 걱정할 만큼, 그 당시 이 땅은 소용돌이 속에 있었다.

그분은 자유민주주의를 이 땅에 들여왔지만, 소용돌이 정국 속에서 12년간 장기 집권을 하면서, 자유민주주의는 아이러니하게도 그분에 의해 파괴되는 위기에 처하고 있었다. 학생들의 피가 뿌려지는 비극을 딛고서야 진정한 자유민주주의는 다시 복원될 수 있었다. 뭐니 뭐니 해도 백 년 앞을 내다본 그분의 혜안은 공산주의를 반대하고 자유민주주의를 선택했다는 것이다. 지금 우리가 세계 10대 경제 강국으로 번영을 이루고 사는 것은 자유민주주의 속에서만 가능할 수 있는 것이다. 그것 하나만으로도 그분은 위대한 업적을 이 땅 위에 남긴 것이다.

영화를 보는 도중, 틈틈이 눈물을 훔치는 사람들도 있었고, 울음을 삼키는 사람들도 있었는데, 하나같이 소리를 죽여가며 우는 것이다. 마치 초기 기독교 신자들이 어두운 다락방에서 몰래 만나 소곤소곤 사도 바울의 편지를 돌려가며 낭송하듯이 그렇게 객석은 캄캄한 어둠 속에서 소곤소곤 울고 있었다. 어째서 그들은 큰 소리로 울지 않고 작은 소리로 울고 있는가. 흑백 화면에 비친, 살점을 물어뜯긴 늙은 대통령의 얼굴, 오래된 녹음테이프에서 흘러나오는 어눌한 듯한 선각자의 목소리, 중앙청 앞 광장에 모여있던 또래 친구들을 보며, 그리움을 못 이겨서일까.

그동안 주눅이 들었던 우리들은 작은 소리로 울 수밖에 없었다. 지난 10년간 우리들이 살아온 세상엔, 열등한 소수들이 우등한 다수들을 지배하고, 소위 진보라고 하는 소수의 무리들은 다수인 우리들을 극우 세력이라고 몰아세웠다. 성공한 나라의 초대 대통령을 독재자, 친일파라고 낙인을 찍고, 나라의 생일을 없애고, 죄 없는 여성 대통령을 감옥에 가두고, 가짜가 진짜를 몰아내어, 거짓이 산처럼 쌓여서, 진실이란 게 무엇인지 모를 만큼, 밀폐된 공간 속에서 살아왔다.

한 대에 수백만 원씩이나 하는 스마트 텔레비전을 갖고 있어도 그 상자 안은 늘 거짓으로 꽉 채워져 있다. 듣도 보도 못한, 머리와 가슴이 없는, 수상한 괴물들이 자기들의 언어로 말 따먹기나 하는 꼴을 보지 않은 지 오래되었다. 진실에 대한 갈증으로 우리들은 가슴에 병이 들었다. 더 슬픈 것은 우리들의 언어는 세상으로부터 따돌림을 당하기도 하는 것이다. 그런데 병든 가슴 속으로 진실의 빛이 나레이터의 해설을 타고 흘러 들어와 타는 갈증을 적셔주어 자연스레 눈물이 흘러내리고 있었다.

무엇보다도 그동안 이승만 대통령에게 씌워졌던 독재자, 친일파, 런 승만이라는 누명이 벗겨지면서, 우리에게도 조지 워싱턴보다 더 훌륭한 '나라의 아버지 대통령'이 계시다고 하는 진실이 우리를 울게 하고 가슴을 웅장하게 한 것 같다. 사람은 슬퍼서만 우는 게 아니라는 걸, 우리들 80 고개를 넘고 있는 사람들은 잘 안다. 눈물은 가슴속에서 솟아나 병든 온몸을 씻어 내린다. 카타르시스, 우리들은 그것을 체험하고 있었던 것이다.

국화는 신기하게도 마루 어디에 두어도
거기가 원래 제자리인 것처럼 낯설거나
어색하지 않았다.
　　　　　　　　－「나의 어머니」중에서

3부

위대한 유산

나의 할아버지

　　할아버지는 1881년생이고 나는 1945년생이다. 내가 태어날 때 할아버지가 예순다섯의 노인이었듯이, 2009년생인 나의 손자가 태어날 때 나도 예순다섯의 노인이었다. 나를 가운데 두고 앞으로 64년, 뒤로 64년의 간격을 내가 매개하고 있다. 이렇게 정교하게 작위한 것 같은 우연이 또 있을까? 6·25 전쟁이 일어나던 해, 나는 여섯 살이었고 할아버지는 이미 일흔을 넘긴 노인이었다. 내 머릿속에 저장된 할아버지에 대한 기억은 백발의 머리에 상투를 틀고 그 위에 망건을 쓰신, 흰 수염 사이로 긴 담뱃대를 물고 계신 노인이었다. 말이 없으시고 하실 말씀만 하시는, 감성적이기보다 이성적인 분이셨다. 증조부께서는 묘비에 정3품 통정대부로 추증된 것으로 보아 한양에서 벼슬살이를 하신 것 같다. 할아버지는 묘비에 쓰인 대로 정6품 내부주사로 구한말에 벼슬을 하시다가 일찍 그만두신 것 같다.

　　한양에서 갑신정변을 겪으셨던 증조부께서는 많은 개화파 젊은이가 반역죄로 목숨을 잃고, 그 가족들이 귀양을 가든가, 자결을 하는 등

피바람 부는 정국에서, 가솔들의 일신을 보호하기 위해 일찌감치 오산으로 낙향하시어 부농을 이루고 은퇴의 삶을 사신 것 같다. 그런 이유로 나의 아버지와 큰아버지에게는 신학문을 못 하게 하셨고 일찌감치 결혼을 시키셨던 것 같다. 형이 글재주가 있는 것을 알아보신 할아버지께서는 형에게 한문을 손수 가르치셔서 형은 소학교에 들어가기 전에 대학을 익혔다고 한다.

할아버지는 형의 이름을 항렬자 '클 태泰'에 '버들 류柳'를 넣어 지으셨고, 나의 이름은 '북두 자루 표杓'를 넣어 지으셨다. 시골 동네는 보통 우물가에 큰 버드나무가 있어 동네와 집안을 지킨다. 형은 큰손자이기 때문에 집안을 지키라는 염원이 담긴 것 같다. 그러나 형은 미국으로 이민을 가, 그곳에서 병을 얻어 쉰아홉 나이에 별세했다. 나의 이름, 북두 자루 표杓는 맑은 밤하늘에서 북두칠성을 찾아보면 된다. 국자 모양으로 되어 있는데, 손잡이 쪽에 별 세 개가 있고 나머지 네 개가 그릇 모양을 그리고 있다. 강원도 용평엘 가면 밤하늘에서 반짝이는 나를 찾아보곤 한다. 국자는 스스로 국자 노릇을 할 수 없다. 누군가 큰 손을 가진 사람이 그 손잡이(자루)를 쥐고 뭔가를 떠야 국자 노릇을 할 수 있는 것이다. 그래서인가? 나는 42년간 대기업에서 전문경영인으로서 일을 했다.

대학 3학년 때, 할아버지가 위독하시다고 해서, 아버지와 함께 오산으로 내려갔다. 이틀째 되던 날 밤인가? 큰아버지와 아버지가 잠시 눈을 붙이겠다고 자리를 비우신 사이, 내가 할아버지를 안고 부축하게 되었다. 가쁜 숨을 몰아쉬어, 불편해하시는 것 같아 몸을 일으켜 내 가슴 쪽으로 끌어당겨서 안았더니, 조금 편해지셔서 그랬는지 숨소리도 조용해졌다. 얼마쯤 지나서였을까 할아버지의 팔다리가 축 늘어지는 것을 느끼게 되었다. 그때처럼 절망스럽고 슬펐을 때가 또 있었을까? 나는 할아버지의 코 가까이 얼굴을 대고 할아버지의 숨소리를 들으려고 애를 썼지만, 아무것도 나에게 느껴지는 것이 없었다. 할아버지는 그렇게 내 품 안에서 돌아가셨다. 우리 가문에서 유가적儒家的 상징이 무너져 내리는 순간이었다.

고등학교 시절 여름방학 때 큰집에 내려가면, 나는 동네 친구들과 놀기에 바빴다. 한번은 친구들과 2박 3일간, 집에 얘기도 안 하고 캠핑을 간 적이 있었다. 돌아와서 할아버지께 야단맞은 것을 지금도 잊지 못하겠다. '너는 왜 네 형처럼 학업에 열중하지 못하냐, 학업에 부지런해야지, 노는 데 부지런하면 못 쓴다.' 그러시면서 혼잣말씀처럼 그러나 내게 들리도록, '나는 젊었을 때 십 리를 걸으면, 돈 열 냥이 생겼다.' 내가 어른이 되어서도 끝에 하신 말씀의 뜻을 어떻게 새겨야 할지, 여러 가지로 나를 생각하게 했다. 할아버지의 삶은 늘 부지런히 힘쓰고 노력하는勤勉 삶, 한 치의 어긋남이 없이 현실을 살아내는 삶이었다는 것을, 육십을 넘기고서 알게 되었다.

할아버지는 그 당시 몰락한 선비들의 안빈낙도를 버리고 맹자의 무항산무항심無恒産無恒心을 철저히 지켜내신 분이었다. 증조부께서는 한양에서 벼슬도 하셨지만, 정부의 고관대작들과 교류가 많았던 것 같다. 그들은 한양에서 멀지 않은 경기도 지역에 농토를 많이 갖고 있었는데, 나랏일에 매인 터라 소작 관리를 하기가 쉽지 않았을 것이다. 소

유태표 수필집 | 기다림 없는 슬픔

작권을 누군가에게 맡겨서 농토를 경영해 줄 사람들이 필요했는데, 이런 사람들을 가리켜 마름 대리인이라고 불렀다. 그 당시는 쌀이 곧 돈이었기 때문에, 능력 있고 신뢰할 만한 사람이 아니면, 돈을 맡길 수 없었을 것이다. 그 당시 할아버지는 오산에서 부농이었고, 화성군 일대에서 좋은 평판을 받고 있었기 때문에 증조부를 통해 할아버지에게 마름 일을 맡겼던 것 같다. 할아버지는 인근 백여 리의 농토들을 관리하셨을 거라고 추측된다.

회사를 경영하다 보면, 좋은 일과 나쁜 일이 빈번히 일어난다. 좋은 일은 그대로 넘어가지만, 어떤 나쁜 일은 그 정도가 너무 심각해서 내가 직접 해결할 수밖에 없었다. '이번 일만 해결되면 회사를 그만두어야지'라고 다짐할 만큼 힘든 상황에 처했을 때 할아버지 묘소에 가서 한참 동안 앉아 있다가 돌아오기도 했는데, 그럴 때마다 할아버지는 꿈속에 나타나시어 웃는 얼굴을 하시곤 했다. 그런 꿈을 꾸고 나서 며칠이 지나면, 마치 깜깜한 동굴 속에서 한 올의 비단실만큼 가느다란 빛을 발견하게 되고 그 빛을 따라가면 출구를 찾게 되는 것이었다. 이처럼 신비스러운 경험을 여러 차례 겪게 되었는데, 나는 그것을 할아버지의 영험이라고 굳게 믿었다. 나도 할아버지처럼 내 손자들의 꿈속에 나타나 활짝 웃는 모습을 보여 주고 그들을 도와 줄 수 있을까?

한 번은 이런 적도 있었다. 꿈속에서 나는 젊은 시절의 할아버지를 뵌 적이 있었다. 수염이 전혀 없는 이삼십 대의 할아버지는 혈색이 아주 좋고 양턱이 단단하게 얼굴을 받쳐 주고 있는, 의욕이 넘치는 젊은 이의 모습이었다. 할아버지는 망건을 쓰고 계셨는데, 그 안에 상투를

튼 것도 보였다. 할아버지는 기분이 좋으셨는지 활짝 웃는 모습을 하고 계셨다. 그 당시 나는 육십을 훨씬 넘긴 노인의 나이였는데, 무색하게도 할아버지는 이삼십 대의 젊은이의 모습을 하고 계신 것이었다. 불가사의한 일을 꿈속에서 체험한 나는 누구에게도 이런 사실을 말하고 싶지 않았다. 왜냐하면 할아버지와 나 사이에 은밀했던 꿈 이야기와 그 영험들을 나 혼자 갖고 싶었기 때문이었다.

일을 그만두고 난 뒤, 십 년이 다 되도록 꿈속에서 할아버지를 뵌 적이 한 번도 없었다. 잠들기 전에 꿈속에서 뵙기를 몇 번인가 소원해 보았지만, 할아버지는 모습을 보여 주지 않으셨다. 혹시 내가 할아버지를 서운하게 해 드린 것이라도 있는지 걱정스럽기도 했다. 아니면 손자의 모습이 너무 늙고 병들어서 더 이상 손자 앞에 나타나는 것을 무색해하시는 건 아닐까? 짐작도 해 보았다. 얼마 안 있으면 내 나이도 할아버지의 연세가 될 것이고, 나도 떠날 것이다. 아버지 어머니가 떠나셨듯이 나와 아내도 떠날 것이다. 떠날 채비를 하고 거울을 들여다보면, 할아버지의 모습을 거울 속에서 뵙게 된다. 내가 활짝 웃었더니, 할아버지도 활짝 웃으셨다.

아버지

수구초심首丘初心, 여우는 죽을 때 자기가 살던 굴 쪽으로 머리를 두고 죽는다고 한다. 수구초심이란 말은 고향을 그리워할 때 쓰는 말이다. 나의 고향은 어디일까? 나는 죽을 때 머리를 어느 쪽으로 두고 죽을 것인가? 늙고 병든 요즈음, 거울을 보면 영락없는 아버지의 얼굴이 나타난다. 나는 아버지 몸의 한 조각이었나 보다. 내가 살던 굴 속은 아버지의 몸과 마음 속이었다. '그리운 고향 나의 아버지! 나는 당신의 몸과 마음을 파먹고 아버지보다 더 오래 살고 있습니다. 당신의 몸이 자식들에게 찢기어 먹혔듯이, 나의 몸도 자식들에게 찢기어 먹혀서, 몸과 마음이 다할 지경에 이르렀습니다.'

십수 년 전쯤, 크리스마스를 며칠 앞두고 집안 형편이 어려운 학생들에게 교복을 증정하는 행사가 있었다. 10개 시군에 가스를 공급하고 있었기 때문에, 매년 시군별로 많게는 백여 명, 적게는 수십여 명의 학생들을 선발해 교복을 증정해 왔다. 그날은 충남 서천군 교육청에서 증정식이 있었다.

천안에서 그곳까지 가는데 도로 사정이 지금 같지 않아서, 한 시간 반 이상 걸렸다. 그날은 폭설 경보가 내렸고, 앞이 잘 보이지 않을 정도로 눈이 내리고 있었다. 서해안가를 달리고 있어서일까? 눈은 더욱 더 심한 폭설이 되어 퍼붓듯이 내리는데, 지금 어디를 가고 있는지 모를 정도였다. 증정식장에서 해야 할 인사말 원고는 그 내용이 늘 의례적이고 정형화되어 있어, 이번만큼은 원고 없이 가난한 사람들의 언어로, 내 마음을 그들에게 직접 전하고 싶어졌다.

나의 어린 시절, 누구나 살기가 어려웠지만, 우리 집은 다른 집보다 더 가난했던 것 같다. 내가 어머니에게 듣고 기억하기로는 아버지에겐 세 번 정도의 재산을 모을 수 있는 기회가 있었다. 그러나 아버지는 사업을 처음 시작할 때 긴장하는 것보다, 사업이 잘되어 돈을 벌기 시작할 때 더 긴장해야 된다는 경영의 이치를 알지 못하셨던 것 같다.

사업을 시작해서 돈이 들어오기 시작하면, 긴장이 풀리고 유혹에 잘 넘어가게 마련이다. 가난 속에서 철이 든 사람은, 다시는 가난하게 살지 않지만, 그렇지 않은 사람은 늘 가난을 달고 살 수밖에 없다. 인생을 살면서 세 번 정도의 기회가 온다는 것은 운이 좋은 편인데, 부유한 집에서 태어난 아버지는 그런 기회들을 붙잡지 못하셨던 것 같다.

교복을 증정받을 때, 학생들은 그것을 부끄러워 한다고 했다. 나는 그들의 맘을 잘 알고 있었다. 부끄러워야 할 때 부끄럽지 못하다면, 그것은 철이 덜 든 것이다. 가난은 분명 부끄러운 것이지 자랑스러운 일은 아니다. 그것을 부끄럽게 감내해야만, 가난을 극복할 수 있는 것이다. 가난이란 것은 잘못하면 오랫동안 상처로 남아 깊은 흉터로 남을 수도 있다. 희망으로 가득할 나이에 좌절에 둘러싸인 사춘기를 지나고, 자유로운 상상력이 제약받고, 스스로 체념하는 법을 배운다. 소위 '애 어른'이 되는 것이다. 거기다 가난한 아버지의 무능을 탓하기 십상이다.

내가 나이 들어 아버지가 된 후에도, 철이 덜 들었는지, 가난한 아버지의 마음을 헤아리지 못했었다. 아버지를 생각하면 으레 가난과 무능함이 떠오르고 아버지처럼 살지 않겠다고 다짐하곤 했었다. 그런데 지금, 부자 아버지가 된 내가 교복을 전달하러 가는 차 안에서 가난했던 아버지가 서럽도록 그리워지는 것은 무슨 까닭일까?

가난한 아버지들의 사랑은 잘 자라는 자식들 밖에 위로를 받을 곳이 없다. 그 사랑은 늘 드러내기를 멋쩍어 하지만, 부자 아버지들의 사랑과 비교될 수 없을 정도로, 그 무게가 천근을 넘어 자식이 감당할 수 없을 만큼 무겁다. 가난이야말로 아버지가 나에게 남겨 주신 위대한 유산이란 걸, 육십을 넘어서 알게 되었다. 마치 동굴 벽화에 그려진 석기시대의 그림처럼, 아버지는 우리들 가슴속에 영원히 지워지지 않을 그리움이란 걸, 너무 늦게서야 깨닫게 되었다.

어린 나이에 가난을 의식한다는 것은 불행한 일일 수도 있다. 수학여행을 간다고 아이들이 들떠서 교실 여기저기 흩어져 낄낄거릴 때도 나는 그 애들과 전혀 다른, 애 어른처럼 담담했었다. 수학여행을 못 가는 것에 대해 어머니나 아버지에게 불만도 없었다. '왜 학교에 안 가니?' 하고 어머니가 물으시면, '학교에서 수학여행 간대.' 이렇게 남 얘기하듯이 대답하곤 했다.

내겐 앨범도 없다. 어른이 된 후에 동창생의 집에서 앨범을 본 적이 있었다. 양쪽 눈이 광대뼈와 눈두덩 뼈 사이에 깊이 박혀 있어, 언뜻 보면 아무런 표정이 없는 흑백의 얼굴을 한, 깡마른 소년을 만날 수 있었다. 다른 친구들의 모습도 나처럼 흑백의 얼굴을 하고 무표정했지만, 유독 내 얼굴이 더 안쓰러워 보였다.

아버지의 게으름과 무능함은 내게 있어서는 반면교사로서 기준이 되었다. 술을 드시고 늦게 들어오시면, 잠자는 아이들을 깨우고 실현될 수도 없는 희망을 약속하시다가 이튿날 아침엔 늦도록 주무셨다. 나도 어른이 되었을 때, 직업상 술 마시고 늦게 돌아오는 날이 많았다. 그럴 때마다 조용히 들어와 자고 아침 일찍 일어나는 것이 나의 엄격한 계율이 되었다. 과음한 다음 날엔 오히려 더 일찍 회사에 출근해서 열심히 일했다. 아버지가 내게 남겨주신 가난이 없었더라면 나는 그처럼 열심히 일을 하지 않았을 것이다.

천안에서 출발한 승용차는 눈발이 너무 심해서 기어가다시피 했다. 오랫동안 생각하지 못했던 아버지와의 추억들을 상기하면서 눈물이 흐르기 시작했는데 마치 창가에 휘날리는 눈발만큼이나 어지러이 쏟아져 내렸다. 하사관 학교에 면회 오신 날 아버지 앞에서 삼립 빵 열 개를 먹어 치웠던 기억, 일본에서 폐결핵을 얻어 한국으로 돌아왔을 때, 보신탕을 사주셨던 아버지의 얼굴을 떠올리며 나는 끝내 오열을 참아내지 못했다. 와이퍼가 유리창을 훔치는 소리, 쌓인 눈을 차바퀴가 밟아내는 소리 등으로 시끄러워서 그랬는지, 운전기사는 영문을 모른 채 운전하는 데 열중이었다.

유태표 수필집 | 기다림 없는 슬픔

30분 늦게 도착해 잠시 교육장실에서 차를 마시며 이런저런 이야기를 나누다가 교육청 강당으로 안내를 받아 들어갔는데 학생들은 보이지 않고 그 지역 장학사들과 선생님들이 모여 있었다. 방학 중이라 학생들은 참석하지 못했다는 것이다. 안주머니에 넣어둔, 회사에서 준비한 의례적인 인사말을 읽을 수밖에 없었다. 차나 한 잔 더 하자고 권하기에 지방지 기자와 교육장실에 들렀더니, 교육장은 내게 학생들이 참석하기를 꺼려한다고 귀띔을 해 주었다. 형편이 어려워 교복을 얻어 입는다고 생각하니, 어린 마음에도 그 자리에 앉아 있고 싶었겠는가? 나는 그 마음을 잘 알 것 같았다.

돌아오는 길에도 눈은 계속 내렸다. 나는 아버지께 진심으로 생전의 불효를 사죄드렸다. 어려서는 가난이 아버지 탓이라고 불평했던 나의 철없음과, 어른이 되어서는 아버지를 반면교사로 삼았던 나의 불경스러움, 출세해서는 친구의 부탁이라고 몇 장인가 이력서를 내게 주셨는데, 책상 속에 넣어 둔 채로 아버지를 까맣게 잊고 있었던 일들, 그 죄책감들을 감당할 수 없어, 회한으로 가득 찬 눈물이 쏟아지는 것을 걷잡을 수 없었다. 흐르는 눈물을 손등으로 닦으며 문득 송강 정철의 「훈민가」 몇 구절이 떠올랐다. '어버이 살아계신 제 섬길 일란 다 하여라. 지나간 후면 애달프다 어이하리. 평생에 고쳐 못할 일이 이뿐인가 하노라.'

나의 어머니

생전에 어머니는 국화를 좋아하셨다. 가을이 깊어져 제법 쌀쌀해지면, 어머니는 빠듯한 생활비를 줄여서라도 탐스러운 국화를 두어 화분씩 사서 마루에 두고 보시곤 했다. 그것은 가난한 어머니의 감춰진 정서를 깨우는 데, 필요한 만큼의 사치였다. 노란 국화 송이는 늦가을 한기를 데워 주기도 하지만, 달빛이 어슴푸레 마루를 비추면 국화의 탐스러운 자태가 더욱 도드라져 조용한 원숙함이 마루 전체를 편안하게 했다. 국화는 신기하게도 마루 어디에 두어도 거기가 원래 제자리인 것처럼 낯설거나 어색하지 않았다.

가을에 들어서면 어머니의 기일이 다가와 나는 탐스러운 노란 국화를 구하기 위해 여기저기 꽃가게를 찾아 나선다. 그러나 '거울 앞에 선' 사십 중반의 원숙하고 농염한 여인을 닮은 꽃, 미당의 국화는 꽃가게 어디에도 눈에 띄지 않는다. "대국大菊을 찾는 손님은 드물고 소국小菊만 찾으니 어쩌지요." 꽃가게 주인의 변명을 뒤로한 채 돌아서려는데, "애비야 국화가 아무려면 어떠냐." 어머니의 음성을 듣고 노란 소국을 한 바구니 가득 담아서 차에 싣고 집으로 돌아온다.

노랗고 탐스러운 국화는 나의 그리운 어머니이다. 그리움이 농익은 짙은 국화 향은 해마다 무서리를 맞아 내면서도 그것을 침묵으로 견뎌낸 내 어머니의 향기이다. 올가을에도 어머니 얼굴을 뵙지는 못하지만, 소국을 들여다보며 어머니를 그리워할 수밖에 없다. 조그만 꽃망울들이 며칠 지나 하나둘씩 활짝 피어, 마치 바구니가 노란 모자를 쓴 것처럼, 꽃송이는 보이지 않고 노란 물감을 부어 놓은 것 같았다. 무서리를 맞은 향기 짙은 국화는 아니었지만, 며칠 간 어머니 옆에서 말동무가 되도록 제사가 끝날 때까지 제사상 옆에 놓여 있게 했다.

어머니는 홀로 되신 후 팔십이 넘어서야 비로소, 진정한 자유인이 되어 당신의 거울 앞에 서신 것 같다. 어머니는 홀로 붓글씨를 익혀 창호지에 천자문을 써서 손수 실로 엮어 제본한 후 여섯 권의 천자문 책을 제작하여 여섯 명의 손자 손녀들에게 나눠 주셨다고 한다. 나는 그 천자문 책에 대해 어머니가 돌아가시고 난 뒤 아내에게서 처음 듣고 알았다. "애비야 이것 좀 봐라. 내가 쓰고 만든 거다." 이렇게 나한테 자랑하실 만도 한데 왜 내겐 아무 말씀도 하지 않으셨을까? 나는 그 천자문 책을 두 손으로 꼭 안은 채, 어머니의 체취를 느끼려고 무진 애를 쓰다가 끝내 눈물을 흘리고 말았다. 어머니의 고독이 몇 겹으로 쌓이고 쌓인 그 책은 바로 나의 어머니이시다.

어쩌다 아내와 함께 어머니 댁을 들르기라도 하면, 피곤한 얼굴을 한 내게 '회사에서 큰일을 하는데 얼마나 힘드냐?' 아랫목을 내주시면서 '피곤할 테니 누워서 한숨 자거라.' 이럴 때 누워 잠이라도 들면, 어머니는 아주 만족해하셨다. 마치 내가 아기였을 때, 엄마의 젖을 물고 잠들었을 때처럼 그렇게 만족하셨을 것 같았다. 어머니는 나에 대해 궁금한 것이 있으면 내게 묻지 않고 아내를 통해 물으셨다. 중년을 넘은 자식에게 어머니가 뭘 물어보시면, 예 아니요로 간단하게 대답하는, 살갑지 못한 자식을 어려워하신 것 같다. 어머니에겐 나보다 아내가 훨씬 더 스스럼없이, 얘기가 잘 통했던 것 같다. 요즈음 TV 드라마에서 어른이 된 아들과 어머니가 다정한 대화를 나누는 걸 보면 부럽기도 하지만, 깊은 자괴감에 빠지기도 한다.

공부 잘한다고 자랑하던 두 아들이 하나는 미국에 또 하나는 일본에 가서 살고 있으니 손자 손녀들이 얼마나 보고 싶으셨을까? 나는 요즈음 들어 그때 어머니의 심정을 잘 알 것 같다. 도쿄에 살고 있는 나의 손자들이 보고 싶어도 가깝게 살지 않으니 쉬운 일은 아니지만, 가족끼리 서로 오가며 일 년에 세 번쯤은 만나고 있다. 거기다 주말마다 영상통화로 손자들 얼굴을 볼 수 있으니 얼마나 좋은가! 그래도 나는 불만스러운데, 하물며 수년간, 이십 수년간, 손자 손녀들을 보지 못하는 어머니의 심정은 어떠했을까? 손자 손녀에게 사랑을 주고 싶으나 줄 수 없게 만든 잘난 자식들에게 원망은 얼마나 컸을까! 그러나 어머니는 누구에게도 그런 내색을 하지 않으셨을 거다. "우리 큰아들은 미국에서, 작은 아들은 일본에서 떵떵거리며 살고 있죠." 이렇게 자랑하는 게 쓸쓸한 어머니의 낙이었을 거다.

결혼하겠다고 어머니께 말씀드렸을 때 "부잣집 딸이 아니면 좋겠다." 부잣집 딸에게 눌려 사는 게 싫었던 어머니는 그렇게 당신의 상처받은 자존심을 내게 털어놓으신 적도 있었다. 부잣집 딸과 결혼한 큰아들은 내가 군에 입대했을 때 미국으로 이민을 갔다. 어머니가 손수 키워주신 손자 손녀들을 데리고 떠난 뒤, 어머니는 그 애들을 다시 볼 수 없었다. 부끄러운 변명이지만, 나 역시 알렉산더의 정복 전쟁에 참가한 전사들처럼 전쟁터를 전전하며 가족들과의 대화로부터 오랫동안 소외되어 있었다.

나의 가족들과 전혀 다른 생각을 하고 전혀 다른 언어를 사용하는, 탕자까지는 아니더라도 이방인과도 같은 그런 존재였다. 어머니가 돌아가시기 전 십여 년간, 내 자식들이 어떻게 자랐는지, 어머니는 어떻게 지내셨는지, 기억을 거의 못 한다. 아내에 의해서 기억이 이어지거나, 잘못 기억하고 있는 것에 대해서는 고쳐지기도 한다. 어처구니없는 일이 아닌가.

어머니는 홀로 되신 후 돌아가실 때까지 7년간이 가장 행복한 시간이었다고 말씀하셨단다. 어머니에 대한 불효를 자책하는 나에게 아내는 그렇게 위로해 주곤 했다. 어머니는 당신의 거울 앞에서 세속적 번뇌의 때를 모두 씻어내고 홀로 붓글씨를 익히고, 천자문을 만들어 가면서 예술적 재능을 드러내신 후, 실존을 찾은 당신의 모습을 비춰 보시며 행복해하셨을 것이다. 그 후로도 아내의 그와 같은 이야기를 들으면, 어느 정도 위안이 되곤 했다. 내가 자책을 하면, 아내로부터 위로를 받고 용서를 받을 거라 기대하면서, 어머니에 대한 같은 이야기를 묻고 또 묻곤 했다. 그럴 때마다 아내는 어머니를 대신하여 왜 자꾸 자책을 하느냐고 나에게 꾸지람을 하기도 했다. 누가 지금 내게 소원을 말해 보라고 한다면, 어머니 아버지를 모시고 일주일간이라도 살아보는 게 소원이라고 말해주고 싶다.

"자욕양이친부대子欲養而親不待"란 말이 있다. 자식이 부모를 모시려 하나 부모는 기다려 주지 않는다는 말이다. 공자가 제자들과 함께 길을 가는데 어느 사내가 서럽게 울고 있었다. 그 연유를 물으니 이렇게 답했다고 한다. "내가 젊어서 출세하겠다고 수십 년간 천하를 유랑하다가 고향엘 돌아와 보니 부모님이 돌아가셨소. 효도를 하려고 하나 부모님은 기다려 주시질 않는구려." 고어皐魚라는 이름을 가진 그 사내는 이렇게 말을 맺었다고 한다. "한번 돌아가신 부모님은 다시 뵐 수 없습니다. 나는 이렇게 서서 말라 죽으려고 합니다."

나야말로 '고어'다! 아니 고어만도 못하다! 고어는 불효에 대한 첫 값을 치르기 위해 서서 말라 죽으려고 하지 않는가? 그런데 나는 어떤가? 편하게 소파에 앉아 이 글을 쓰고, 침대에 누워 편히 잠들지 않는가! 만약에 내가 고어처럼 서서 말라 죽겠다고 하면, 어머니는 내게 뭐라 하실까. 어머니는 역정을 내시기보다 내 꼴을 보시고 안쓰러워하실 게 분명하다.

"효도가 별거냐? 네가 한세상 잘 살다가 잘 죽으면 그것이 효도이니라. 부모가 소원하는 것은 자식이 잘 살다가 잘 죽는 것이다." 별안간 나는 어머니에게 종아리라도 맞고 싶어졌다. "어머니 제 종아리를 때려 주십시오. 제 자식들과 손자들이 보는 앞에서 피가 터지도록 때려 주십시오. 그렇게라도 해서 불효가 조금이라도 덜어질 수 있다면 얼마나 좋겠습니까?" 어머니! 용서해 주십시오.

형이 남겨준 팡세

      그리움과 슬픔을 안고 가을은 또 왔다. 가을엔 모든 게 추억거리고, 추억하고 있는 동안 모든 것들은 그립고 아름답다. 다시 그때로 돌아가고 싶은 것은 아니지만, 호숫가 벤치에 앉아 잠시 쉬고 있노라면, 이어질 듯 끊어질 듯 그때의 기억들을 반추하게 된다. 끊어진 기억들을 이어 주는 장치가 있는데, 나에게 그것은 음악이다. 그리고 그 음악 속에 형과 내가 있다. 요즈음 세상이 좋아져서 이어폰을 두 귀에 꽂고 산책을 나가게 되면 걸으면서 오케스트라를 스테레오 폰으로 들을 수 있다. 곡마다 떠오르는 추억은 다르다. 예를 들어 〈비창〉 교향곡을 들을 때엔 나의 형을 추억하고, 슈베르트의 가곡을 들을 때엔, 가난하고 별 볼 일 없던 나의 대학 시절이 떠오른다.

    형과의 추억, 60을 살아보지 못하고 이국땅에서 유명을 달리한 나의 형, 우리 유씨 문중에서 공부를 제일 잘한 형, 내가 고려대학교에 합격했을 때, 우리 집에선 별로 반응이 없었다. 왜냐하면 형은 경기고 서울법대를 졸업했기 때문에, 고려대 합격은 별로 이슈가 되질 못했다. 학창 시절, 아니 내 인생의 대부분, 나의 삶은 형에 대한 열등의식 속에 갇혀 있었다고 해도 과언은 아닐 것이다. 형에 대한 열등의식은 형의 능력을 질시한다거나, 형에 대해 경쟁의식을 갖는다거나 하는 그런 것이 전혀 아니었다. 형은 내가 넘을 수 없는 큰 산이었다.

형은 우리 집안의 자랑이고, 나의 존경하는 스승이고, 자존심이었다. 내가 고등학교에 다닐 때 형은 군에서 제대한 복학생이었다. 학교 수업이 끝나면, 가정교사를 했는데, 집에 돌아오는 시간은 늦은 밤이었다. 형은 어떤 날엔 〈비창〉 교향곡 1악장 주제곡을, 또 어떤 날엔 슈베르트의 〈세레나데〉를 휘파람으로 불면서 걸어 왔는데, 형의 소리가 들리면 나는 뛰쳐나가 대문을 열어 주곤 했다. 매일 밤 형을 기다리고, 대문을 열어 줄 때마다 나는 늘 형이 반가웠다.

형은 학교 졸업 후 집안 형편이 너무 어려워 사법시험을 포기하고 무역 회사에 입사했다. 60년대 초반 우리나라의 산업화를 이루어낸 대우실업(주)의 창업 멤버로 업계에서는 잘 알려진 인물이 되었다. 형은 월급을 타면 책을 몇 권씩 사 들고 왔다. 내가 대학에 입학했을 때, 그 책들 중에 파스칼이 쓴 『팡세』가 있었는데, 안병욱 교수가 번역하고 해설한 책이었다. 이 책은 스무 살에 들어선 나에게 철학 입문서와도 같았다. 인간이란 무엇이며, 실존으로서 나의 정체성은 무엇인가라는 의문을 내게 던졌다. 『팡세』는 나의 형이 내게 던지는 화두처럼, 내 정신세계를 오랫동안 지배해 왔다.

고려대학교는 본교와 교양학부가 버스로 한 정거장 떨어져 있었는데, 늦가을 교양학부 교정 한 귀퉁이에 코스모스 밭이 있었다. 친구들 눈을 피해 밭고랑으로 들어가 엎드려 『팡세』를 읽었다. 땅속으로부터 냉기가 가슴팍으로 스며드는 것도 아랑곳하지 않고 연필로 밑줄을 그어가며 읽다가 이틀간 수업을 모두 빼먹은 적이 있었다. 서른아홉 살의 짧은 생애 동안, 프랑스의 수학자, 물리학자, 철학자 그리고 신학자였던 파스칼의 철학적 단상들을 모아 쓴 책인데, 마지막 부분에 신앙적 회심을 고백하는 단상을 읽으며, 나는 잔잔한 감동으로 눈물을 흘렸다. '나의 하나님 아브라함의 하나님 이삭과 야곱의 하나님! 주여 저를 버리지 마옵소서.'

'오만한 이성이여! 겸손하라.' 언어로 표현되는 인간의 이성은 처음부터 한계를 갖고 있다. 만약에 파스칼이 중국이나 한반도에서 태어났다면, 그는 17세기 위대한 선사가 되었을 것이다. 팡세를 읽고 난 뒤 삶의 본질에 대한 나의 눈이 뜨이기 시작하는 것 같았다. 마치 사도 바울이 '다마스쿠스'로 가는 길에 예수의 꾸짖는 말씀과 삼 일 동안의 눈멂과 눈뜸의 영성체험을 겪듯이, 강렬한 깨달음의 체험을 갖게 되었다. 하나님에 대한 개념을 조심스럽게 정리하게 되었고 파스칼의 신앙에 접근하는 과정에서 깊은 감명을 받았다.

내가 군에 늦게 입대해서 훈련을 받고 있을 때, 형은 가족과 함께 아메리칸드림을 안고 미국으로 이민을 했다. 그 소식을 듣고 섭섭하기도 했지만, 의지처를 잃은 것 같은 절망감이 들기도 했다. 가난한 땅을 떠나서 풍요의 땅, 미국으로 가는 것이 그 당시 젊은 지식인들의 꿈이었던 적이 있었다. 그 당시 한국 영화의 마지막 장면은 얽힌 문제의 해결을 위해, 주인공을 미국으로 떠나보냄으로써, 막을 내리는 경우가 많이 있었다. 미국은 희망과 해결의 땅이기도 했지만, 허영의 땅이기도 했다. 형은 대우실업 미국 현지 법인 사장으로 갔기 때문에 처음 10여 년간은 안락하고 풍요한 삶을 보냈지만, 현지에서 회사를 그만둔 뒤 10여 년간은 힘든 생활을 보낸 것 같았다.

우리 집안에 법을 전공한 사람이 둘씩이나 있는데, 너라도 사법시험을 봤으면 좋겠다고 형은 내게 권유했었다. 그러나 나도 형처럼 하루빨리 회사에 취직해서 돈을 벌고 싶어서, 제대한 후 결혼해서 SK에 입사했다. 그 당시 젊은이들은 "하면 된다"라고 하는, 일에 대한 신앙이 있었다. 나는 열심히 일을 하여 세 번씩이나 특진을 거듭한 끝에 입사한 지 7년 만에 부장이 되었고, 마흔다섯 살에 임원이 되었다. 독일 병정처럼 앞만 보고 달리는, 내가 속한 기업 조직 속에서 나는 충성심으로 무장된 엘리트 군#에 속해 있었다. 학교 시절 인성을 형성하는 데 필요한 정서적인 것들, 철학, 문학, 음악 등 내가 갖추고 있던 것들을 감추고, 오로지 내가 하고 있는 일의 성취에만 몰두하고 있었다.

상무이사로 승진했을 때, 형과 여덟 살 터울이었으니까, 내 나이는 쉰하나, 형은 쉰아홉이었다. 어느 날 아침, 잠결에 형으로부터 전화를 받았다. 수화기를 통해 들려오는 형의 목소리는 몹시 힘들어 보였다. 형은 깊은 병에 걸려 있었고, 나의 도움이 필요한 것이었다. 며칠이 지나, 뉴욕 어느 병원에서 의식 없는 상태로 누워 있는 형을 보았을 때, 그의 얼굴은 이미 피골이 상접한 검은색의 미라처럼 되어 있었다. 평생을 두고 넘지 못할 것 같았던 큰 산, 형의 모습이 맞는가? '미국엔 뭐 하러 와서 이 지경이 되었는가?' 눈물을 흘리는 대신, 원통하고 슬픈 마음을 누르며, 나는 아버지를 대신하여 죽어가고 있는 형을 꾸짖었다. 장례식장엔 형의 학교 동창들이 대부분이었는데, 그들은 한때 한국에서 잘 나가던 수재들, 그들에게 남아있는 자존심은 학창 시절에 멈춰져 있어, 이미 박제가 된 수재들이었다.

비행기를 타고 돌아오는 길에, 한참 동안 형에 대한 생각을 했다. 그때까지 형은 나의 꿈꾸는 세계, 그 안에서 그가 들었던 음악을 내가 듣고, 그가 읽었던 책들을 내가 읽고, 그가 공감한 것들을 내가 공감하면서 나는 정말로 형처럼 되고 싶었다. 그러나 이제 형은 죽었다. 데미안의 죽음 앞에서 싱클레어의 독백이 떠올랐다. "내 속에서 솟아 나오려는 바로 그것을 나는 살아가야 되겠다."

형이 내게 던져 준 실존적 삶의 명제들을 내 가슴속에 묻고, 지금도 형과의 추억을 떠올리려고 하면, 나의 내면 깊숙한 곳에서 이미 내가 되어버린 형의 파편들을 찾을 수 있다. 깊은 가을날 호숫가 벤치에 앉아서 고개를 수그리고 가슴 가까이 귀를 기울이면, 형의 음성을 들을 수 있고 그것은 팡세의 단상들과 섞여 들리기도 한다. 형에 대한 열등의식은 그동안 나에게는 알의 세계였다. 그렇다고 새가 알의 껍데기를 부수고 다른 세계로 날아오르듯이, 그런 배신적 모험을 하고 싶지도 않다. 형에 대한 열등의식의 세계, 그 안에서 나의 갈 길이 정해졌고, 그 길에서 열심히 살았고 행복했다. 이제는 홀로 벤치에 앉아 지나간 것들을 되새김질하는 늙고 병든 소가 되어 버렸지만, 형과 함께하고 있는 이 시간이 나는 제일 행복하다.

손자 바보

올해 손자놈은 초등학교 5년생이 되었다. 얼마 전까지만 해도, 집안에서 노는 꼴을 보면 누굴 닮아 저럴까 싶을 정도로 부산스럽고 장난스럽기가 이루 말할 수가 없었다. 저놈이 저렇게 산만하면 공부인들 제대로 할 수 있겠나 싶을 정도로 걱정도 했다. 동생들이 셋이나 생겨 점점 인기가 떨어지니까 관심을 끌기 위해 더욱더 그러는 게 아닐까 싶기도 했다. 그러나 할머니는 전혀 그런 내색을 하지 않고, 미운 일곱 살부터 몇 년간은 원래 그렇다고 했다. 자손에 대한 관심과 사랑은 근심과 걱정이라고 생각하는데 할머니는 별걱정을 다한다는 듯이 태평스럽기만 했다. 그런데 금년 들어서 그 아이의 태도가 조금씩 달라지는 것 같았다.

주말엔 영상통화를 하는데 막내한테 수화기를 빼앗기면 빼앗기는 대로 양보할 줄 알고, 나와 대화를 할 때 드문드문 존댓말을 쓰는 것도 좀 달라진 것 같고 제 동생들과 다투는 일은 많이 줄어든 것 같다. 나는 그런 손자가 대견스럽기도 했지만, 한편으로는 좀 안쓰럽기도 했다. 그런데 안쓰러운 마음이 드는 것은 왜일까? 철들고 있다는데 반길 일이 아닌가? 일본에서는 초등학교 4학년부터 중학교 입시 준비에 들어간다. 사립학교에 들어갈 아이들은 더욱 입시 경쟁이 치열한 것 같다. 작년에 도쿄에 갔을 때, 입시 준비에 대해 그놈에게 잔소리를 해준 것이 부담이 되었을까? 그 조그만 어깨에 내가 너무 무거운 짐을 얹어 놓은 건 아닌가? 나는 돌아오는 길에 비행기 안에서 몇 번이나 그 애가 안쓰럽고 딱해서 내가 괜한 욕심을 부렸나 하고 후회하기도 했다.

7월 중순 경 집사람과 과일 가게에 새파란 사과가 나왔기에 '아오리사과'라 믿고 몇 개를 사 온 적이 있었다. 그 맛이 너무 시고 떫어서 한 개도 다 먹지 못하고 몽땅 버릴 수밖에 없었다. 알고 보니 그 사과는 내가 일본에서 먹던 '아오리사과'가 아니라 철이 덜 된 보통 사과였던 것 같다. 나무에서 따내어진 철이 덜 된 사과는 희망이 없다. 그러나 나무에 열려 있으면서 따내어질 때까지 만고풍상을 겪어내며 철들기를 기다리는 사과는 희망이 있다. 저놈이 겪어내야 할 만고풍상을 생각하면, 할아버지인 내 마음은 안쓰럽고 불안하다. 손자야! 너를 위한 나의 기도가 하늘에 닿을 것이다. 시간이 영글어 가면 힘든 시간 또한 지나갈 것이고 네가 원하는 중학교에 합격할 수 있을 것이다.

지난 5월 초에 아들 손자 손녀가 나흘 밤을 지내고 갔다. 광교호수 공원에 가서 놀다가 돌아오는 길에 "집에 가서 저녁 먹자"고 했더니 그놈이 내게 아주 조용한 어조로 이렇게 말했다. "저녁을 어떻게 먹어 저녁밥을 먹어야지." 그렇게 말하고는 알아들었는지를 확인하려는 듯이 나를 말끄러미 올려다봤다. 그놈의 눈동자 속에 가득 담긴 파란 하늘을 들여다보며 나는 분명하게 "네 말이 맞다! 내가 그걸 몰랐구나. 성우가 이제 많이 컸네." 대견스레 그놈의 머리를 쓰다듬어 줬더니, 나를 더욱더 놀라게 한 것은, 그 다음 말이었다. "그건 당연하지. 할아버지는 한국 사람이잖아!" 이 말을 듣는 순간, 아! 이놈이 이제 보니 일본 사람이구나 하고, 그때까지 몰랐던 것을 알아낸 것처럼 짜릿한 충격을 느꼈다. 그놈은 전에도 도쿄에서 몇 번인가, 내가 일본말을 잘못 쓰면 지적해서 고쳐 주곤 했는데 나는 그 이유를 그제야 알게 되었다.

수필 숙제를 완성하려면 프린트를 해야 하는데, 딸의 도움이 필요하다. 그 과정에서 딸이 내게 귀띔한 것이 있다. "성우가 개구쟁이고 말썽꾸러기 같지만, 그렇지 않아요." 도쿄에서 조카들을 데리고 식당엘 갔다고 한다. 손자 놈이 아주 정중한 태도로 종업원에게 물수건을 달라고 하는데, 예의 바른 언어를 쓰고 구석구석 동생들을 잘 챙기더란 것이다. 식사 끝난 후 집으로 돌아오는 도중에 물었단다. "너는 아까 식당에서 아주 점잖던데 왜 집에서는 그렇게 까불어 대느냐?" 그랬더니 그놈의 대답이 이랬단다. "식당은 우리 집이 아니니까 조용히 해야 하고 종업원은 가족이 아니니까 예의 바른 언어를 쓰는 게 당연하지."

나는 그 말을 듣고 무척 기뻤다. 한편으로는, 그 애와 내가 정체성에 의해 분별되는 것이 섭섭하긴 했어도 말이다. 그 애는 일본 사람이 되어가는 것이다. 유가儒家에서 '칠정七情'을 감추고 '예禮'를 갖추어야 군자가 되듯이, 일본에서는 '이치닌마에一人前'가 되어야 하는 것이다. '이치닌마에', 이 말은 문자 그대로 '한 사람 몫'이라는 뜻인데 일본의 독특한 문화라고 할 수 있다.

　나라를 구성하는 전체 중에 '한 사람의 몫'인데 자기가 맡은 역할을 다하는 한 사람인 것이다. 화엄사상의 내용을 집약한 '일즉다 다즉일一卽多 多卽一'과 비슷하다. 중국에서 말하는 '군자'는 국가를 다스리는 소수의 집단을 말하지만, 일본에서의 '이치닌마에'는 그 대상이 국가를 구성하는 모든 사람이다. 전체주의로 빠지기도 쉽지만, 전후에는 개인주의로 발전하게 된다.

　어른들이 설날이나 생일 때 아이들한테 해주는 덕담은 "어서 빨리 자라서 이치닌마에가 되어야지." 또는 "어! 이제는 제법 이치닌마에가 되었네."라고 하며 대견해한다. '손자야! 어서 빨리 자라서 이치닌마에가 되거라. 그래서 사랑하는 내 아들의 고달픔을 덜어 주고 네 아비의 마음을 뿌듯하게 해주어라.' 이제 사십 중반을 넘어선 내 아들의 얼굴, 삶의 때가 묻어있는 아들의 얼굴을 떠올리며 나는 더욱 안쓰러운 마음을 주체할 수 없었다.

　아들을 통해서 손자를 얻었지만, 이젠 손자를 통해 아들을 다시 얻은 것 같다. 그리고 아들과 손자를 보며 내 모습을 들여다본다. 아들과 손자는 나의 거울이라는 아주 평범한 진리를 칠십을 훨씬 넘긴 지금 깨닫게 된 것이다.

　요즈음 나는 토요일과 일요일이 기다려진다. 도쿄에 있는 내 아들,

손자들과 영상통화를 할 수 있기 때문이다. 작년 겨울, 손자에게 다섯 가지 지침을 주고 영상통화 할 때 똑바로 서서 암송하라고 했더니 통화할 때마다, 국민헌장을 암송하듯이 막힘없이 잘 해냈다. "첫째, 수업 시간 중 선생님 말씀을 집중해서 들을 것. 둘째, 상대방과 대화할 때는 반드시 그 사람의 눈을 보며 말을 할 것. 셋째, 약속을 했으면 반드시 지킬 것. 넷째, 친구들과 사이좋게 지낼 것. 다섯째, 어떠한 일에 대해서건 정직할 것."

그런데 최근 들어서는 "다섯 가지 지침을 암송해 봐." 이렇게 말을 하면, "또 하라구?" 토를 달며 마지못해 그것들을 내 앞에서 외워댄다. "또 하라구?" 이 말뜻은 무엇일까? 처음 몇 개월간은 할아버지가 원하니까 신나게 외워댔는데, 할아버지는 왜 그 뻔한 것들을 자꾸 외우라는 것일까? 어느 때는 귀찮은 듯, 겸연쩍은 듯, 그러면서도 내 눈치를 흘낏 보고 웃음기를 들어내며 다섯 가지 지침을 외워댄다. 이놈이 벌써 '왜 그럴까?'를 생각하기 시작하는구나! '실존적 자각'이라는 게 별건가! 그것은 존재가 실존으로 성숙하는 시작을 알리는 것이다. 아! '왜 그럴까?'!

40여 년간의 일을 마치고 은퇴한 후, 나는 얼마 동안 나의 길을 잃었었다. 내가 걸어온 외길, 익숙한 길, 눈감고도 자유롭게 다닐 수 있었던 나의 길이 없어지고, 깜깜하고, 불안하고, 다른 이에게 물어가며 다닐 수밖에 없는 낯선 길로 바뀌었다. 단상에 있던 나는 단하에서 여러 무리 속에 이름 없이 섞이어 있다. 다른 이들이 박수치면 나도 따라 박수치고, 탄성을 지르면. 나도 따라 탄성을 지른다.

그런데, 칠흑처럼 깜깜한 밤중, 아무것도 볼 수 없는 심 봉사와 같은 내게, 나의 길이 환히 보이도록 불빛을 던져 주는 문수보살! 나의 손자다. 그놈은 내게 손자 바보의 길을 가르쳐 준 것이다. 그 길은 지혜의 길! 그 길은 희망의 길! 그 길을 따라 죽을 때까지 그놈의 뒤를 졸졸 따라다니며, 손자의 데미안이 되어 속삭여 줄 것이다. 손자야, 빨리 알 껍질을 깨고 나와, 너의 하늘을 날거라. 파란 하늘을 훨훨 날 거라.

나와 손자,
그 윤회의 고리

코로나 때문에 만나지 못했던 아들 가족들을 만나기 위해 한 달 전부터 복잡한 수속을 마치고 비행기를 타게 되었다. 3년 만에 만나 볼 아이들은 어떻게 변했을까. 비행기 안에서 내내, 리무진 버스를 타고 도쿄 시내로 들어가는 내내, '그 아이들을 어떻게 만나야 나의 반가움을 충분히 전달할 수 있을까?'라는 생각뿐이었다.

아들의 집 앞에, 택시에서 내려 벨을 눌렀을 때, 제일 먼저 만난 애는 큰손자였다. 훌쩍 커 버린 그 아이는 안경을 끼고 있었다. 아주 어렸을 적, 광교호수에서 나를 올려다보며 "할아버지는 한국 사람이지?"라고 말했을 때, 그놈의 맑은 눈 속엔 분명, 5월의 푸른 하늘이 가득 담겨 있었다. 그러나 그놈은 지금 없고, 굵은 목소리로 점잖게 인사를 건네는 다른 아이가 서 있었다. 그때는 내 속에 있으면서 나와 한 몸이었는데, 지금은 내 몸에서 떨어져 나가 독립된 개체로서 나를 상대하고 있는 것 같았다.

그 애는 지금 자기 부모들과 갈등 관계에 있다. 문제는 손자가 게임에 너무 몰두하다 보니 숙제도 잘 안 해 가고, 성적이 떨어지고 있다는 것이다. 내 아들은 손자의 일탈에 대해 화가 나 있었다. 성적이 떨어지는 것 때문만이 아니고, 그 녀석의 생활 태도에 문제가 있다는 것이다. 핸드폰을 가지고 게임을 하다가도 스스로 멈출 줄 아는 자제력이 부족하다고 했다. 그와 같은 얘기를 들으며, 나는 문득 슬퍼졌다. '나의 손자도 보통 아이들처럼 되어 가는구나!'

손자의 자제력이 부족하다는 말을 들었을 때, 마치 아들에게 나의 비밀을 들킨 것 같은, 난처한 생각이 들기도 했다. 서른일곱 무렵, 거래선 접대를 위해 골프를 배우라는 회사의 권유가 있었다. 그렇게 시작한 골프였는데 나는 골프에 빠지고 말았다. 근무시간에 몇 명이 작당을 해서 자리를 비우고 여러 차례 골프를 치러 나갔다. 걸리면 회사를 그만둬야 할 위험한 짓인데도, 목을 걸고 골프를 친 것이었다. 집안의 가장이 이 모양이었으니, 어려서는 어떠했겠는가?

아들에게는 아무 일 없었다는 듯이, 몇 마디 해 주었다. "그렇다고 핸드폰을 빼앗고 야단을 치다 보면, 그 애는 네가 무서워지고 거짓말을 할 수밖에 없을 것이다. 그렇게 되면 아비는 자식을 쫓고, 자식은 애비의 눈을 피해 쫓기게 되고, 부자간에 신뢰가 무너지게 되는 불행한 관계만 만들어지게 되는 것이다. 우리가 살아간다는 것은 성공과 실패, 후회와 용서, 일탈과 반성, 갈등과 화해 등, 사태들이 지속적으로 되풀이되는 과정인 것이다." 아들의 말도 백번 옳았지만, 나는 여전히 손자를 변호하고 있었다.

손자 놈은 나를 닮았다. 그 애는 기억력이 뛰어나다. 나는 일흔한 살에 은퇴할 때까지, 42년간 회사 생활을 했지만, 수첩을 쓴 적이 거의 없다. 전화번호도 내 머릿속에 저장되어 있었기 때문에 작은 번호부 수첩을 주머니에 넣고 다닐 필요가 없었다. 그러나 핸드폰이 나오고부터 전화번호가 자동적으로 기계에 저장되었기 때문에, 내 기억력은 더이상 필요없게 되었다. 손자의 방에서, 일본 역사에 대해 그 애와 40여 분 이야기를 나눈 적이 있었다. 내 기억력은 늙어서 이어졌다 끊어졌다 했는데, 그때마다 그녀석은 사람의 이름이나, 연도, 역사적 사건의 이름 등에 대해 또렷이 기억하고 있다가 나를 도와주곤 했다.

불가에 윤회라는 것이 있다. 부처가 말씀하시는 무아와 배치되는 사상인데, 인도의 전통적인 힌두이즘에서 유래된 것이라고, 나는 알고 있다. 내가 생전에 좋은 일을 하면, 죽어서 49일 만에 다시 태어날 때, 왕자나 부자로 태어날 수 있지만, 나쁜 일을 하면 다시 태어날 때 짐승이나 천민으로 태어난다고 하는 단순한 논리를 가진 사상이다. 그러나 이와 같은 사상은 불교의 본질적 사상인 무아, 공, 연기와 정면으로 배치되기 때문에, 우리가 흔히 알고 있는 윤회와 불가에서 말하는 윤회는 다른 것이다.

불가에서 말하는 윤회는 무아이기 때문에 특정한 사람이 윤회하는 게 아니라 행업이 윤회하는 것이라고 한다. 우리가 살아간다는 것은 업을 쌓고 있다는 것이다. 살아가며 저질러지는 모든 행업은 윤회라는 과정에 종자로서 저장되었다가 훈습이라는 과정을 거쳐 알맞은 환경이 되면 밖으로 현행하게 된다는 것이다. 가령 내가 행업을 지었다고 하면, 그 행업들은 하나하나 빠짐없이 저장되어 있다가 그 업보가 내게 돌아오든가, 아니면 나의 아들에게, 또 아니면 내 손자에게, 아니면 백 년 후에, 천 년 후에 나도 모르는 자손들에게 업보로 나타난다고 한다. 얼마나 무서운 일인가!

아들 집에서 사흘을 자고 호텔로 떠나는 날, 큰 손자가 학교에 간다고 하기에 1킬로미터 떨어진 지하철역까지 바래다주면서, 이야기라도 나누고 싶어 따라나섰다. 그 녀석 걸음이 어찌나 빠른지 대화도 못해보고 돌아오는 길에, 길을 잃고 말았다. 황급히 쫓아 나온 터라 핸드폰도 지갑도 없이, 이른 아침이라 길을 물을 사람도 없어, 반바지 차림으로 헤매다가 한 시간 반 이상 걸려 집을 찾을 수 있었다. 길을 잃은 와중에도 쉴 새 없이 아들과 손자의 일을 생각했다. 나는 길을 잃은 게 아니라 나의 아들과 손자를 찾고 있는 것이었다. 집에 돌아와 아들을 보면서 이런 말을 해주고 싶었지만 참았다. '너는 왜 네 자식을 찾을 생각은 않고 쫓을 생각만 하는가.'

잠자리가 바뀌어 잠이 부족했던 탓일까? 손녀 생일날 마시지 않던 맥주를 마신 게 탈이 난 걸까? 큰 손자에 대한 생각이 너무 많았던 탓일까? 귀국하기 전날 아이들과 저녁 약속을 해 놓았기 때문에, 준비를 하고 있는데 갑자기 방광에서 혈뇨가 나오기 시작했다. 불안하고 당황한 나머지, 할머니만 참석하는 것으로 하고 호텔로 찾아온 아이들을 일일이 안아주고, 특히 큰 손자에게는 "너의 아버지와 어머니의 말씀을 잘 듣고, 그들을 기쁘게 해 주거라. 내가 너를 꼭 찾아 줄 테니." 라고 속삭여 주었다.

아이들이 모두 떠난 뒤, 호텔 방에 홀로 남아 이런저런 생각에 빠져 있었다. 지금까지 살아오면서 내가 지은 업들 가운데 선업은 얼마이며, 악업은 얼마일까. 그 업들은 어디에 얼마나 저장되었다가 언제 현행하게 되는 것일까. 제발 바라노니, 악업들은 모두 내 생전에 내가 씻어 내거나, 내가 모두 감당해서, 그 고통을 내가 지고 갔으면 좋겠다고 생각했다. 내 대에서 윤회의 고리가 끊어져 내 아들 내 손자들이 내가 지은 업으로부터 자유로웠으면 좋겠다. 그러자면 불교적 수행이 필요할 텐데, 나는 수행을 해 본 적이 없다. 부처는 수행을 통해 윤회의 고리를 끊으라고 한다. 이를 어찌할지 책 몇 권 읽고 그것으로 아는 체를 해 왔는데, 그것도 알고 보면 악업일 뿐이었다. 오늘도 변함없이 나라고 하는 티끌은 윤회의 강에 던져져 허우적거리며 흘러가고 있다. 나의 아내도 흘러가고, 아들과 딸도, 그리고 손자 손녀들도 흘러가고 있다.

서울의 달

〈서울의 달〉, 27년 전에 방영된 TV 드라마의 제목이다. 그 당시 바쁘게 살았던 나는 간혹 일요일 집에 있을 때, 재방영으로 몇 번인가 본 적이 있었다. 호기심을 끈 것은 드라마의 내용보다 드라마의 제목이었다. 어째서 〈서울의 달〉일까? '서울의 해'라고 하면 안 되었을까? 그러면서도 해보다는 달이 더 자연스럽고 친숙하게 느껴지기도 했다. 달님은 늘 가난한 마음을 지닌 사람들에게 말을 걸고, 그들이 스스로 위로를 받도록 그 빛을 나눈다. 한국인들의 감성 체계에 무정한 해님보다 다정한 달님이 더 친숙했을 것이다.

서울의 어느 '달동네'를 배경으로 했기 때문에 서울의 달이라 제목을 붙였다고 하지만, 햇빛과 달빛의 관계가 그렇게 단순치만은 않을 것 같다. 햇빛 세상의 키워드는 이성, 소유, 도시, 탐욕, 경쟁 등이 되겠지만 달빛 세상의 키워드는 감성, 서정, 농촌, 가난, 등으로 각을 세우고 있다. 요즈음 케이블 TV로 전회 분을 보고 있는데, 달님의 세상(농경사회)에서 해님의 세상(산업사회)로 넘어가는 전환기의 시대극이라고 할 수도 있다. 그 당시 '무작정 상경'이라는 유행어가 생겨났을 정도로, 농사를 짓던 청년들이 도회지로 몰려드는 현상이 있었다. 이 드라마에서도 무작정 상경한 두 젊은이의 야망과 좌절을 그리고 있다.

월하미인月下美人, 해 지고 어둠이 깔릴 무렵 피었다가 해 뜰 무렵 시들어 버린다는 외래종 선인장 과의 꽃 이름이라고 한다. 달동네 사람들은 대개가 월하미인들이다. 해가 떠 있는 낮에는 시든 얼굴을 하고 여기저기 일자리를 찾아 기웃거리다가 해 질 무렵 절망을 안고 집으로 돌아온다. 어둠이 내리면 다시 생기가 돌아와 마당 가운데 놓인 평상 위에 앉아 이야기꽃을 피운다. 낮 동안 닫혀 있던 입이 열리고 소주라도 한잔 걸치면 세상이 제 것이 된다. 달동네에 사는 사람들은 하루하루 사는 게 힘겹다. 절망 속에 사는 사람들은 절망이 무엇인지 모른다. 절망이 일상으로 되어 있으면 절망에 익숙해져 살아갈 수밖에 없다. 무엇이 윤리적이고 도덕적인지에 대해 군이 따지려 들지 않는다.

고등학교 시절, 우리 집이 가장 어려웠던 때였다고 기억된다. 어떤 연유로 우리 가족이 마포구 도화동까지 와서 살게 되었는지 알 길이 없다. 고정된 수입도 없이 일곱 식구가 방 한 칸에서 산 적이 있었다. 그 집은 아주 오래된 낡은 기와집이었는데, 집 기둥이 90° 로 똑바로 서 있질 않고 70° 정도로 기울어 서 있었다. 마루 하나를 가운데 두고 안방과 건넛방이 있었고 별도로 방 한 칸을 따로 낸 집이었다. 마당은 가꾸지 않아 맨땅이고 변소와 수돗가가 서로 떨어져 마당 귀퉁이에 놓여 있었다. 그러나 둥근 달이 교교히 내리비치는 밤엔 그 집 마당은 한 폭의 오래된 그림처럼 아름답기도 했다.

달빛이 교교히 밝다 해도 햇빛의 밝음과 전혀 다르다. 햇빛이 이지적logos이라면, 달빛은 감성적pathos이다. 햇빛은 글자를 읽기에 충분할 만큼 밝다. 햇빛 아래선 사물을 샅샅이 들여다볼 수 있어서 모든 것이 명료해지고, 수리적으로 이성을 작용하게 한다. 햇빛은 그 밝음으로써 인류에게 문명을 가져다주었다.

달빛은 보일 듯 말 듯 밝기 때문에 지식을 얻기 위해 사물을 들여다볼 수 없다. 그저 사물의 실루엣을 그때그때의 느낌으로 어림잡아 헤아릴 수밖에 없다. 사물을 명료하게 가늠하지 못하고 애매모호하게 가늠하기 때문에, 넉넉하거나 모자라게 가늠할 수밖에 없다. 인간의 감성은 늘 그런 곳에서 여백을 발견하고 그것을 서정적으로 표현하려고 한다. 예술은 그렇게 애매모호한 상상력을 통하여 탄생하기도 한다.

방 한 칸에 한 가구씩 세 가구가 살고 있었는데, 건넛방에 세 들어 살고 있는 가구는 홀어머니에 딸 둘, 막내 아들 하나가 살고 있었다. 가장인 큰딸은 화장을 짙게 하고 오후 늦게 출근해서 새벽에 들어오곤 했다. 끝 방에는 할머니와 손녀, 손자, 세 식구가 살고 있었는데 손녀딸이 이발소에서 면도사로 일하면서 생계를 이어가고 있었다. 대문을 함께 쓰고 있었지만 밤중에 문 두드리는 소리만 듣고도 단번에 자기 가족이라고 알아채곤 문을 열어 주는데 한 번도 어긋난 적이 없었다. 변소는 마당 구석에 하나가 놓여 있었지만, 열네 명이 쓰면서도 한 번도 불편을 말하는 사람이 없었다. 가진 것 없는 사람들끼리 모여 살아서인지, 서로 잃을 것도 없고 탐낼 것도 없어서 얼굴 붉히고 큰소리 낼 일이 없었다.

한여름엔 너무 더워 마루나 마당 귀퉁이에 있는 평상 위에서 더위를 식히곤 했다. 달빛은 평상 위를 물들이고, 별들이 내려다보고 있는 밤에, 주로 술집 나가는 누나가 조곤조곤 재미있는 이야기를 들려주곤 했다. 내가 기억하기로는, 그 누나의 손님들은 야구 선수들이 많았는데, 선수들 이름을 하나하나 대 가며 술버릇, 성격 등을 재미있게 얘기해 주었다. 그 당시는 지금보다 직업의 귀천이 더 엄격했었는데, 세 가구가 살고 있는 쓰러져 가는 기와집에선 그런 것이 전혀 없었다. 숨겨 봐야 뻔한 걸 숨기는 것 자체가 서로 불편할 뿐이다. 살아가는 데 가장 일차적인, 먹고 사는 것, 그 이상을 가리려 하는 것은 허영이고 사치일 뿐이었다.

일곱 식구가 방 한 칸에 살면서 대학 입시 공부를 하는 데 가장 힘든 것은 밤늦게까지 공부할 수 없는 것이었다. 다른 식구들은 전기 요금 올라간다고 일찍 잠드는데 나만 불을 켜 놓고 책을 읽을 수는 없었다. 그래서 낮에 중요하다고 줄 쳐 놓은 부분을 어둠 속에서 암기해 정리하다가 잠들곤 했다. 궁하면 통한다고 했던가! 마포에서 그리 멀지 않은 곳에 아현 시립도서관이 있었다. 고3 여름방학 때, 도시락 두 개를 싸 넣고 새벽 5시에 집을 나서면 30분 걸려 도서관에 도착하여 줄을 선다. 한 시간 반가량 줄에서 기다리면서 책을 읽은 것이 기억에 가장 오래 남았다.

우여곡절 끝에 대추나무에 연 걸리듯 여기저기 신세를 지며 대학교에 입학하게 되었다. 이듬해 형이 마련 한 돈으로 장위동에 방 세 개짜리 한옥 집을 사서 이사하게 되었다. 그것은 단순한 이사가 아니라 우리의 삶이 달빛 아래서 위로를 받던 절망을 벗어나 햇빛 질서 속에서 희망 있는 삶을 살게 되는 획기적인 사건이었다. "Boys! be ambitious." 드라마 주인공의 비뚤어진 야망의 절규이다. 그 당시 우리나라는 전 국토가 야망의 계절이었다.

　달빛은 전깃불에 쫓기어 사라진 지 오래되었고, 서울의 밤하늘은 텅 빈 채 어둠으로 가득 찼다. 지금 생각해 보면, 그동안 나의 뇌리에 달님에 대한 추억은 지워져 있었다. 마포를 떠난 후, 시간은 숨 가쁘게 지나가고 나와 관계하는 사람들은 새롭고 다양해졌다. 대학을 졸업하고 취직하고 결혼하여 가정을 가지면서, 나는 전혀 다른 사람이 되어 있었다. 나에게는 미래에 대한 꿈만 있었지 달님에 대한 과거의 추억은 들어설 자리가 없었다.

　지금에 와서 나에게 가난은 더 이상 숨겨야 할 부끄러움이 될 수 없다. 오히려 그것은 내 자식들에게 들려 줄 신화의 줄거리처럼 되어 있다. 이제 마포엔 쓰러져가던 기와집도 없어졌고 그 흔적조차 가늠할 수 없게 되었다. 그것은 마치 꿈을 꾼 듯, 내 뇌리에 희미하게, 나만 알고 있는 비밀처럼 남아 있다. 가난이 부끄러웠던 고등학교 시절이 마포에서 발굴되기도 하지만, 그 가난은 늘 내 삶의 원동력이 되어 왔다. 요즈음도 서울에서는 달동네가 재개발이란 명목으로 사라지고 있다. 내 마음의 고향들은 그렇게 사라져 가고 있는 것이다. 그러나 사라지고 나면 그리워지는 법일까? 아니면 나이 탓일까? 맑은 밤하늘에 떠 있던 달님이 그리워지고 그 빛이 교교히 내리비치던 낡은 기와집 마 당이 그리워지기도 한다.

위대한 유산

25년 전에 방영됐던 드라마 〈옥이 이모〉를 케이블 TV로 재미있게 보고 있다. 배경 음악 〈재클린의 눈물〉이 첼로의 선율을 타고 드라마의 공간을 채우며 애절하게 흐른다. 경남 합천에서 60년대를 시대 배경으로, 농경사회에서 산업사회로 넘어가는 과정에서 서민들 삶의 애환을 그린 일종의 시대극이다. 내 또래의 사람들에겐 징겹고 낯익은 삶의 풍경이고, 그리움을 주체할 수 없는 추억의 장면들이다. 특히 요즈음처럼 암울한 노년을 살아가는 때에는 더욱 그렇다.

시골 국민학교의 교실 풍경, 그 교실에는 노총각 선생님과 조실부모하여 외삼촌 집에 얹혀사는 애 어른 상구, 때를 닦지 않아 매일 야단 맞는 학교와 금순이, 땡땡이 잘 치는 복태, 약국집 딸 은실이 등이 모여있다. "잘 있거라, 아우들아. 정든 교실도." 이렇게 졸업한 후 20년, 상구는 건설 회사의 직원으로 중동에 파견 근무를 하고 있고 학교는 개인택시를, 종호는 땅 부자, 은실은 약사가 되어, 오늘 선생님을 모시고 사은회를 한다.

선생님은 반듯하게 잘 자라 어른이 된 제자들이 사회 일꾼이 되어 제각기 맡은 일을 성취해 내고 있는 데 대해 교육자로서 보람을 느낀다고 하셨다. 나도 사은회에 참석해서 한마디 거들었다. 여기 모여있는 학우들아! 나도 그 교실에서 너희와 함께 있었단다. 선생님은 복태가 땡땡이를 치면 직접 복태를 찾아 나섰고 아이들이 불량식품을 사먹으면 풀빵 장수를 찾아가 싸움도 하셨다. 청결 검사 시간에 목에 긴 때가 지적되면, 약국집 딸 은실이에게 제일 창피했었지. 지루하리만큼 반복되는 고달픈 일상들이 쌓이고 쌓이며 우리들은 어느새 듬직한 어른으로 자라 있었다. 사은회가 끝나갈 무렵 거동이 불편하신 선생님을 에워싸고 우리들은 〈스승의 은혜〉를 불렀다. "아! 고마워라 스승의 사랑. 아! 보답하리 스승의 은혜." 선생님과 우리들 모두는 눈물을 흘리고 있었다.

가난한 살림에도 자식들 교육만큼은 재산을 다 털어 시키다 보니 그 빚이 여기저기 연 걸리듯 했는데, 아버지들은 그 힘든 시절을 어떻게 견뎌 내셨는지 모르겠다. 불쌍한 우리 아버지들! 철없는 우리들은 머리가 제법 큰 뒤에도, 아버지를 무능하다고 뒤에서 불평하기도 했으니, 이런 배은망덕이 세상 어디에 있을까? 아버지의 가난은 우리를 강하게 만들어 남들보다 두 배 이상 일을 하게 해서 우리들은 풍족한 삶을 사는 데 성공했다. 아버지가 물려 주신 가난은 그 어떤 유산보다도 값진 '위대한 유산'이었다. 아버지의 위대함은 지금 우리가 누리는 풍요를 위해 낙엽처럼 땅에 떨어져 스스로 썩어 거름이 되셨던 거다.

"나는 배운 것도 없고 가난해서 자랑할 건 없지만, 이 동네에서 공부

잘하는 애들은 우리 집에 다 있다." 나는 아버지의 술 냄새가 싫었지만, 이런 말씀을 하시며 눈가가 벌게지시는 아버지의 얼굴을 보며 숙연해지곤 했다. 아버지들의 삶은 전후 이 땅에 남겨진 폐허와 가난으로 고달프기만 했다. 오로지 자식들에 대한 희망이 당신의 삶 그 자체였기 때문에 당신은 당신의 현재를 살아본 적이 없었다. 한 알의 밀알은 그렇게 썩어서 많은 열매를 영글게 해놓고 떠나가신 거다.

우리 학교는 왕십리에 있었는데, 우리의 단골 소풍지는 봉은사였다. 이곳을 가자면 뚝섬까지 걸어가, 거기서부터 배를 타고 강을 건너 한참 걸으면 김밥을 다 먹어 치운 뒤 봉은사에 도착했다. 나무 우거진 그 나지막한 산길이 지금은 고층 빌딩 숲으로 변해서 맨해튼보다 더 세련된 도시가 되어 있다. 우리나라 어딘들 상전벽해 아닌 곳이 있는가. 얘들이! 나의 하우들아! 이것은 우리들의 위대한 성취다. 자랑스럽지 않은가. 누가 이 나라를 '헬조선'이라고 헐뜯는가. 누가 우리 아버지들이 물려주신 위대한 유산을 얕잡아 폄훼하는가. 공중파 채널을 빼앗긴 채, 케이블 TV로 〈옥이 이모〉를 보는 내내, 나는 너무 억울해서 흐르는 눈물을 주체할 수 없었다.

지난주 토요일, 광화문엘 갔다. 단상에 선 연사들은 너나없이 나라가 허물어지고 있는 것을 걱정하고 있었다. 구름처럼 몰려나온 사람들은 인산인해를 이루고 발 디딜 틈 없는 사람들 속에서 나는 보이지 않는 사람들 중에 한 사람으로서 그곳에 서 있었다. 파장이 될 무렵 효자동 쪽으로 행진하는 사람들 틈에 섞이어 걸어 올라갔다. 그리고 얼마쯤 걸었을까? 그곳에서 수백 명쯤 되어 보이는 사람들이 풍찬노숙하며 농성하는 모습을 보게 되었다. 그들 중에는 거동이 불편한 노인들과 어린아이들을 데리고 나온 젊은 엄마가 특히 눈에 띄었다. "아이들에게도 애국심을 가르치려고 데리고 나왔어요." 어린애들을 걱정하는 주위 사람들에게 작은 소리로, 그러나 결연히 대답하는 젊은 엄마는 끝까지 미소를 잃지 않으려고 아이들을 꼭 끌어안은 채, 구국의 기도를 드리고 있었다.

성령으로 가득 찬 그곳은 나같이 눈먼 자에게는 보려고 해도 볼 수 없는 하느님의 왕국이요 현자들의 나라였다. 나는 그들에게 다가가고 싶었지만, 그럴 용기가 나질 않았다. 다만 여러 가지 생각하게 하는 것들, 어린아이들과 노인들이 추운 밤을 무사히 견뎌낼 수 있을까? 왜 저 사람들은 추위를 무릅쓰고 풍찬노숙을 할 수밖에 없는가? 별안간 내 머릿속은 근심 걱정으로 꽉 들어차면서, 슬픔과 분노가 내 온몸에 밀어닥쳐, 흐르는 눈물을 닦지도 못한 채 그대로 서 있었다. 그들을 말리든가, 아니면 그들과 함께하든가, 그럴 용기가 없는 나는 과연 누구인가? 대제사장 가야바의 명령으로 성전 수위들에게 붙잡혀 가는 예수를 세 번이나 모른다고 했던 베드로의 모습이 이런 게 아니었을까?

효자동 길을 내려오면서 나는 기도를 했다. "아브라함의 하나님 이삭과 야곱의 하나님! 저 노인들과 어린이들과 그 어머니들이 쌀쌀해진 오늘 밤을 아무 탈 없이 보내게 하여 주옵소서! 이 땅에도 당신의 성령을 가득 내리어 정의로움이 충만한 세상 되게 하여 주소서. 실로암 연못의 물로써 저희와 같은 눈먼 자들의 눈을 닦아 주시고 매의 눈으로 세상을 보게 하시어, '위대한 유산'을 온전히 지켜내게 하여

유태표 수필집 ┃ 기다림 없는 슬픔

주시옵소서." 기도를 더 이어 가려는데 안국역에 이르게 되어, 지하철에 올라 빈자리를 잡았다. 나는 마치 어린애가 실컷 울고 난 뒤, 엄마 젖을 게걸스레 먹다가 식곤증으로 깊은 잠에 들듯이 그렇게 자고 있었다.

모노드라마

나의 고등학교 동창, C는 그 당시 우리 또래들에 비해 상당히 조숙해 있었다. 우리들이 초등학생이라면, 그는 대학생쯤으로 비교될 수 있을 정도로 성숙했었다. 웅변 반에 있었던 것으로 기억되기는 하나, 확실한 것은 아니지만, 그의 목소리는 굵고 설득력이 있었다. 선생님과 대화할 때에도 우리들이 하는 것과 전혀 다른 것 같았다. 그가 너무 의젓하게 말을 하기 때문인지는 몰라도 사제간의 대화라기보다 대등한 상대로서 대화하는 것 같았다.

그는 S법대에 지원했으나 낙방했다. 그의 성적은 상위 그룹에 속했지만, S법대에 합격하기에는 크게 모자랐던 것 같다. 2차 대학에 입학했지만, 입학한 대학의 교복을 입지 않고, S대 교복에 S대 배지를 달고 다니기도 했다. 나중에 알았지만, E대 약학과에 다니는 여학생을 만날 때, 그런 복장을 하고 있었던 것이다. 그 여학생을 만나고 나서, 우리를 만날 때라든가, 그 여학생을 데리고 우리를 만날 때 그는 S법대생이었다. 나는 그 친구와 자주 만나는 사이가 아니라서 고등학교 졸업 후 몇 번 보았을 뿐인데, 그의 스캔들이 너무 파격적이라 그를 자주 만났던 것 같은 착각에 빠지기도 한다.

그 당시는 먹고 살기가 너나없이 어려웠지만, 밥술이나 먹는 부잣집은 말할 것도 없고, 가난한 집까지도 교육열은 대단했다. 일류 학교와 이류 학교의 차이가 너무 커서, 일류 학교에 입학한 아이는 인생의 성공이 보장된 것처럼 돋보였다. 사람이 평가를 받는데 그 사람의 내면이라든가, 사람의 됨됨을 평가받는 게 아니고 왼쪽 가슴에 달려있는 학교의 배지에 의해 거의 절대적으로 평가를 받는다는 것은 어딘가 정상적인 사회는 아니었던 것 같다.

C는 한 학년 아래인 E대 학생을 꼬시기 위해, 그녀의 학교 다니는 길목에서 기다렸고 처음엔 우연히 만나는 것처럼 하다가, 매일같이 자기 집 지프차로 스스로 운전하여 그녀를 학교까지 데려다 주었다고 했다. 그의 집이 부자 동네인 명륜동에 있었고, 자가용 지프차를 갖고 있었으니 그 당시 그의 집은 부자였음에 틀림없다. 그녀로서도 S법대에 다니는 준수한 학생이, 그 당시로서는 드물게 지프차를 손수 운전하여 매일같이 학교에 데려다 주는, 그의 정성에 마음이 끌렸을 것이다. 지성이면 감천이라는 말도 있듯이, 그녀의 숨겨졌던 마음은 그를 향해 활짝 열렸고 매일매일 감동스럽고, 행복했을 것 같다.

그녀는 아름답기만 한 것이 아니었다. 그녀가 졸업한 S여고는 장안의 명문고였고, 그 학교에서도 재원으로 소문나 있었다. 그 당시 사람들이 부러워하는 모든 조건을 갖춘 재원이었다. 게다가 먹고 살기 힘든 시절에 약사가 된다는 것은 남녀를 막론하고 장래 생계가 보장되는 직업이기 때문에 결혼 상대로 최고의 조건이 되는 것이었다. 그러나 나에게는 다른 건 다 관심 없었고 그녀의 단아하고 지적인 아름다움만이 인상적이었다. 그것은 마치 통기타 연주를 듣다가 바이올린 연주를 듣는 것처럼 전혀 다른 차원의 아름다움이었다.

자기 여자 친구를 자랑하기 위해, 나를 비롯한 세 명의 친구들 앞에 그가 나타난 적이 있었다. 클래식 음악다방이 무대라면, 그의 여자 친구와 그는 주연 배우이고 나를 비롯한 세 명의 친구들은 엑스트라이거나, 객석에 앉은 관객 ABC였다. 무슨 화제가 하나 생기면, 그 친구가 바리톤에 가까운 저음으로 결론을 내고 여자친구는 존경하는 눈빛으로 동의하는 것 같은, 그런 장면이 연출되고 있었다.

그 앞에 앉은 우리 셋은 별말 없이 그의 말을 듣고만 있었는데, 다른 친구들은 몰라도, 나는 그녀의 아름다움에 푹 빠져 그 친구의 가라앉은 바리톤 목소리는 하나도 귀에 들어 오지 않았다. 그녀가 덜 예뻤으면, 내 친구에게 아낌없는 축복을 주었으련만, 그녀가 너무 아름다운 나머지, 나는 시기와 질투로 가득 찬 악마가 되어 이렇게 저주를 속삭여 주었다. '너무 아름다워 비너스 여신의 질투를 받았는가? 사기꾼의 올가미에서 벗어나기를….'

C에 대한 화제가 그저 남 이야기로 치부되어 시들해져 갈 무렵, 누군가 그 두 사람이 속리산으로 도망갔다는 이야기를 꺼냈다. 겉으론 두 사람의 불행에 대해 크게 걱정하는 척했지만, 다른 사람은 몰라도 나는, 거짓은 이미 드러났고, 이상한 사랑이 깨지고 있다고 생각했다. 돌이켜보면, 그 당시 엑스트라 ABC 중의 한 명은 40 좀 넘어서 죽었고, 또 한 사람은 어디 외국에 나가 살고 있는지 소식이 끊어진 지 오

래되었다. 나도 세 번씩이나 해외 지사 근무를 십여 년간 했기 때문에 학교 동창들과 소통이 거의 없었다. 속리산으로 도망을 간 후에 어떻게 되었는지 기억이 헷갈려 이야기 연결이 잘 안된다.

실망스럽게 기억되고 있던 것은 C와 함께 속리산으로 따라나선 그녀의 속물적 행동이었다. 마치 그 당시 버스 정거장에서 자판대에 놓여 있던 『선데이 서울』에 나오는 스캔들과 비슷한, 그런 사연이 되는 것 같았다. 이상하게도, 나는 그 둘이 도망간 뒤의 이야기를 듣고 싶지도 않았고 상상하기도 싫어졌다.

더 이상 내가 둘의 관계를 상상하거나 관심을 갖는다면, 그것은 나의 일방적 시새움이 될 수도 있다. 둘의 관계가 해피 엔딩으로 끝나건 불행하게 끝나건, 그것은 두 사람의 것이지, 나와는 아무런 상관이 없는 것이라고 굳게 다짐했다. 마치 치정 비슷한 늪에서 벗어남으로써 나 자신을 찾은 것 같은 돈오적 성장을 체험하게 된 것이다. 다만 그 사건 이후로, 그 친구한테 뭔가를 빼앗겼다는 박탈감 비슷한 것이 대학 시절 내내 마음 한구석에 지워지지 않고 남아 있었다.

30년이 지나, 쉰 살쯤 되었을 때, 나는 SK 상사의 상무이사로서 섬유 수출 본부장을 맡고 있었다. 그 당시 SK는 우리나라 섬유 산업의 리더 회사였고, 내가 맡고 있는 본부가 5억 불 정도 수출을 하고 있었다. 동창들 중에 생산 공장을 경영하는 사람들이 생산 오더를 받기 위해 나를 찾아오기도 했고, 섬유 수출 코터를 빌리기 위해 찾아오기도 했다. 또 다른 동창들은 해외시장에 대한 정보를 듣기 위해 오기도 했고, 내가 속한 회사를 배경으로 사업의 기회를 잡을 수 있을까 하고 들르기도 했다. 뭔가 사업으로 엮어 보려고 여러 가지 아이디어를 내게 늘어놓았지만, 별 소득 없이 돌아가기 일쑤였다. 동창생 C도 그들 가운데 하나였을 거라고 기억되는데, 무슨 얘기를 나눴는지 기억이 나질 않는다.

젊은이는 미래를 상상하며 살고, 늙은이는 과거를 회상하며 산다고 했던가? 다시 30년 남짓 지나서, 나는 80을 바라보는 늙은이로 거의 매일 호숫가에 나와 벤치에 앉아 있다. 소가 한가로이 앉아서 쉴 새 없이 뭔가를 씹고 있듯이, 소화가 된 과거를 다시 토해 내 반추 또 반추를 계속한다. 나는 아직도 박탈감 같은 것을 갖고 억울해하고 있는가? 젊은 날의 흥미롭던 일이 어른이 되어서까지 흥미로울 수는 없다. 그 당시 소중했던 가치가 지금도 나에게 소중할 수는 없기 때문에, 박탈감이란 것도 더 이상 내 맘속 어디에서도 찾아볼 수 없게 되었다.

그 당시 스무 살 좀 넘은 가난하고 외로운 청년에게 말해 주었다. '이보게, 젊은이. 자네는 C처럼 자기의 모든 것을 걸고, 치명적인 사랑을 해 본 적이 있는가? 거짓말을 목숨과 바꿀 수 있다면, 거짓말은 더이상 거짓이 아니고 진실이 될 수도 있네. 그런 용기를 자네는 감당할 수 있었겠나? 그 당시 자네가 감당할 수 없는 것을 C는 감당해 낸 게 아닌가? 밤하늘을 가로지르며 사라지는 유성들을 보았는가? 눈 깜짝할 사이에 사라지는 유성들은 별똥별이라고도 불린다네. 그대는 한 개의 별똥별, 우주 어디선가 날아와 지구 위에 떨어진 별똥별, 반짝하다가 사라지는 무정한 꿈 같은 것. 반짝하는 짧은 순간에, 시새움이면 어떻고, 박탈감이면 어떠한가? 진실은 무엇이며, 진실 아닌 것은 또 무엇이란 말인가?' 나는 잠시 말을 끊었다가, 벤치에서 일어섰다.

기다림 없는 슬픔

계산된 거짓말로 선생님을 속이면서 내가
왜 울컥해졌는지 그 이유를 알게 되었다.
선생님이 바로 내 앞에 앉아 계신 것만으
로 그분은 내 양심이었기 때문이다.

－「삐뚤이 선생님」중에서

4부

당신을 향한 기도

모계 르네상스

아내의 형제들은 딸만 여섯 명이다. 다섯 번째인 딸은 일찌 감치 수녀님이 되어 하느님께 바쳐졌고, 네 번째인 나의 아내를 비롯해 다섯 명은 제각각 짝을 찾아 가정을 꾸리어 살고 있다. 장모님은 셋째를 낳을 때부터 희망과 실망이 교차하기 시작해, 다섯째까지 되풀이되었지만, 아들을 보기 위해 마지막 얻은 아이 역시 딸이었을 때, 전과 달리 그렇게 실망스럽지 않았을 것 같다. 체념이라는 약은 늘 실망이라는 늪에서 다른 희망을 건져 내기 때문이다.

철저한 불교 신자였던 그 분은 부처의 가르침대로 그 원인을 연기법에서 찾으려 했을 것이다. 아들을 낳지 못한 원인을 당신의 행업에서, 아니면 멀리 전생으로부터 연기된 업에서 찾으려 했을지도 모른다. 그러나 그분이 지금 살아 계시다면, 딸만 낳기를 너무 잘했다고 기뻐하실 게 틀림없을 것이다.

남자 형제들은 어릴 때, 나이순으로 서열이 매겨지지만, 어른이 되어서는 각자 결혼해서 가정을 꾸리고 살게 된다. 게다가 먹고사는 기술이 달라서 살아가는 방법이 서로 다르다. 그래서일까? 명절 때나 제사 때 형제들끼리 만나도 공감할 수 있는 공통의 화제가 별로 없다. 형제 간의 우애보다 각자 자기의 일에 몰두하게 된다.

집안 내부적인 일보다 외부적인, 사회생활에 몰두하게 된다. 집안에서의 서열보다 사회에서의 서열을 확보하기 위해 노력한다. 사회적으로 더 성공한 사람이 나이와 상관없이 모임에서도 빛나게 되어있다. 그러나 가장이면서 집안일은 모두 아내에게 맡겨두고 집 밖으로 나돌다가 늙어서 집으로 돌아오면, 오갈 데 없는 어정쩡한 이방인 신세가 되기도 한다.

여자 형제들은 대부분 가정 살림을 하는 전업주부들이라서 공감할 수 있는 화제가 많다. 자랄 때 서열이 잘 유지되어 있고, 연로한 분들은 사찰의 큰스님처럼 젊은 사람들에게 모든 것을 맡기고 그들이 하자는 데로 따른다. 여자 형제들은 모였다 하면 시끌벅적하다. 작은 물건이라도 생활하는 데 도움이 된다 싶으면, 누군가가 형제 숫자만큼 사서 나누어 준다. 그 작은 것들을 나누면서 서로 감동한다. 남자들도 처음엔 모임에 참석하라고 하면, 다른 약속 핑계를 대며 손사래를 치더니 늙어서는 갈 곳이 마땅찮은지 못 이기는 척, 참석하고 있다. 마치 늙은 수사자들처럼, 이리저리 눈치 보며 곁불이라도 쬐기 위해 모여드는 것이다.

만약에 장모님의 기도가 영험해서 마지막에 아들을 얻었다고 가정해 보자. 그 아들은 지금쯤 자기 마누라의 여자 형제들 모임에 가서 곁불을 쬐고 있을 것이다. 누나들 틈에 자란 사내아이는 사회생활에서 경쟁력이 떨어지게 되어 있다. 집안의 모든 사랑을 독차지하며 자랐기 때문에 이기적이고 삶의 훈련이 덜 되어 사회성이 부족하고 훗날 집안의 골칫거리가 될 수도 있다. 또한 아이들은 이종사촌끼리 더 가깝게 모이지 친사촌끼리는 잘 모이지 않는 것 같다. 엄마를 매개로 하여 아이들은 처가 쪽으로 모여들게 되어있다. 부처님의 가피를 얻어서 마지막까지 딸을 얻게 되신 장모님은 전생에 복덕을 많이 쌓으신 분임에 틀림없다.

자연 현상적으로 보더라도 모계적 사회가 더 자연스러운 것 같다. 아프리카 세렝게티 국립공원의 〈동물의 왕국〉을 누구든지 TV를 통해 볼 수 있다. 그곳에선 수놈은 있으나 아비는 없고, 암놈은 반드시 어미가 되어 자연스럽게 모계사회를 이루고 사는 것이다. 수놈은 암놈에게 새끼를 낳게 해주는 아주 순간적인 본능적 행위를 함으로써 자기의 역할을 끝낸다.

앞으로 태어날 새끼들과의 인연도 모두 끝내고, 다른 암컷을 차지하기 위해 다른 수컷들과 전쟁에 몰두하게 된다. 그러나 늙어져 갈기에 윤기가 빠지고 송곳니가 무뎌지면, 짧은 영광을 다하고 집단에서 쫓겨나 쓸쓸히 죽어간다. 그러나 암놈은 새끼를 낳아 기르며, 새끼들이 생존 방법을 터득할 때까지 '먹고사는 기술'을 가르쳐 주고 독립시킨 뒤, 또 임신하기 위해 몸단장을 한다. 수컷은 '다함'이 있지만 암컷의 모성은 '다함'이 없다.

역사적으로 보더라도 불교의 나라였던 신라와 고려 시대 천여 년간, 남녀 간에 성차별은 거의 없었던 것 같다. 고등학교 시절, 고문 시간에 배웠던 「처용가」의 기억을 더듬어 보자. '셔블 발기 달에 밤들이 노닐다가 돌아와 자리보곤 가라리 넷이어라. 둘은 내 것인데 다른 둘은 누구 것인고 본디 내 것이다 마는 앗아간 것을 어찌하리오.' 처용은 자기 여자를 빼앗은 자와 시비를 가리지 않고 점잖게 물러나갔다는 이야기다.

처용의 이 같은 멋있는 행위는 방혼제에서는 아주 당연한 것이었다. 처용은 밤늦도록 서라벌에서 무얼 하며 시간을 보냈을까? 여인은 처용을 기다리다가 늦도록 오지 않자, 그 사이 더 멋있는 사내의 방혼을 허락한 것이었다. 이 장면에서 성질을 부리고 주먹질을 한다면, 그것은 방혼제의 룰을 어기는 것이 되고, 소문이 퍼지면 처용은 다른 여인의 집도 방문할 수 없게 되는 것이다.

어느 교수에게 들은 이야기인데, 한반도의 고대사에서는 물론 그 당시 일본 고대사에서도 방혼제라는 것이 있었다고 한다. 집에서 여자가 기다리고 남자가 방문하는 것으로 되어 있는데 여자의 맘에 들면, 여자가 남자를 선택하는 것이다. 일정 기간 선택된 남자와 동거를 하다가 임신을 하거나, 남자가 싫어지면 여자가 동거를 거부할 수도 있다. 그러면 남자는 쫓겨나게 되고, 다른 여자의 집을 기웃거릴 수밖에 없게 되는 것이다. 홀로 된 여자가 문밖에 들리도록 가야금을 탄다든가 노래를 부르면, 남자를 구한다는 표시로 알고 여러 명의 남자가 구애를 하고 여자에 의해 선택된 남자가 여자와 동거할 수 있는 것이다. 여기서 '남자는 하늘, 여자는 땅'이라는 정신 나간 성차별을 발견할 수 있을까?

조선시대에 들어서면 부처의 나라에서 공자의 나라로 국가 통치 이념이 바뀌게 된다. 12세기 송나라에 주희라는 사람이 공자의 유가 철학을 재해석하여 체계화시키고 교조화시킴으로써, 인륜과 예의 문제를 국가가 관리하는 도덕 국가를 만들게 됐다. 조선 초기까지 결혼은 '장인의 집에 들어간다丈家'였는데, 그 후 결혼은 '시집으로 들어간다媤家'로 되어 시집살이를 혹독하게 당하게 된다.

삼종지의三從之義라는 족쇄를 채워서, 여자는 숙명적으로 어릴 때에는 아버지를 따르고, 결혼해서는 남편을 따르며, 남편이 죽으면 아들을 따라 살아야 한다는 것이다. 일부종사一夫從事라는 족쇄를 채워 평생한 남편과 해로해야 하며, 남편이 죽으면 재가할 수 없다. 또한 결혼한 여자를 쫓아내기 위해 칠거지악七去之惡이란 일곱 가지 죄악을 만들어 놓고 그중 한 가지라도 어기면 시집으로부터 쫓겨나게 된다.

여자들에게 있어 조선시대는 마치 서양에서 천 년간 암흑시대를 보낸 중세 시대와 다를 바 없는 어둠의 시대였다고 볼 수도 있다. 모계화 되어가는 세상에 불만을 느끼는 사내들도 있겠지만, 그것은 본래로 돌아가고 있는 현상인 것이지 모계화가 새로이 시작된다고 혀를 찰 일은 아닌 것 같다. 한반도에 어둠이 걷히고 여성들의 르네상스가 도래하고 있는 것일지도 모른다.

공자와 동시대를 살았던 노자 선생은 『도덕경』 6장에서 이렇게 말씀하신다. '계곡의 신은 죽지 않으니 이를 일컬어 현묘한 암컷이라 부른다谷神不死 是謂玄牝.' 뾰족뾰족 솟아 오른 봉우리는 홀로 높이 솟음을 자랑 하지만, 높이 솟음에는 다함이 있다. 그러나 텅 빈 골짜기谷에는 '끊어질 듯 이어질 듯 늘 생명의 물이 고여 있어, 아무리 퍼 써도 계곡엔 물이 다함이 없다綿綿若存 用之不勤'. 이보다 더 여성들에게 아첨할 수 있는 찬사가 또 있을까.

나의 귀인貴人들

청소년 시절, 설날이 되면 아버지는 토정비결을 어디서 보시고 식구별로 점괘를 풀어 주셨다. 월별로 신수괘를 설명하시는데 이런 글귀가 더러 있었다. '동남방에서 귀인을 만날 것이다向東南必逢貴人.' 또는 '북방으로 가면 해인을 만날 것이다.' 귀인의 사전적 의미는 '사회적으로 지위가 높은 귀한 사람' 또는 '조선시대 후궁의 종1품 품계'라고 되어 있다. 그러나 신수점에 나오는 귀인이란 단어의 뜻은 사전적 의미와 전혀 다른, '만나서 운수 좋은 사람', 말하자면 '좋은 인연'과 가까운 의미를 지니고 있는 것 같다.

제대하기 수개월 전쯤, 어떤 이의 소개로 아내와 알게 되어 편지를 주고받다가 휴가를 나와 처음 만났는데, 그때가 봄 무렵이었던 것으로 기억된다. 처음 본 아내의 모습은, 수차례 오갔던 그녀의 편지 내용과 크게 다르지 않은, '착하고 아름다운 우리들의 꽃동산' 같은 여선생님이었다. 서로 혼기가 찬 나이였기 때문에 결혼을 전제로 몇 번 만나다가 결혼을 약속했다.

현역 군인이었기 때문에, 박박 깎은 머리로 아내의 보문동 집으로 첫인사를 가게 되었다. 장인 되실 분은 나보다 훨씬 큰 키로 파이프 담배를 피우는 멋있는 분이었다. 나중에 알았지만 그분은 농림부 고위직 공무원이셨는데, 직업의식이 투철하여 청렴을 긍지로 사시는 분이셨다. 장인 되실 분과 십여 분가량 군대 이야기와 세상 얘기를 몇 마디를 나눴을 뿐인데, 그분은 자연스럽게 나를 가족으로 받아 주셨다. 장모님은 두 손을 앞에 모으신 채 무릎을 꿇고 장인어른 옆에서 시종 미소를 머금고 계셨다. 그분은 불경에도 밝으시고 불심이 깊은 분이셨는데, 인근 사찰에서는 '조 보살'로 잘 알려지신 분이었다.

제대를 앞둔 군인으로 직업도 없고, 그 집안 내력도 모르고, 마치 탈북한 북한 군인의 얼굴을 한, 낯선 청년에게 선뜻 딸을 주겠다고 마음을 활짝 열어 주신, 장인어른의 자신감에 대해 나는 깊은 감명을 받았다. 전한시대 『사기』를 쓴 사마천은 「자객열전刺客列傳」에서 이런 글귀를 적어 놓았다. '선비는 자기를 알아주는 사람을 위해 목숨을 바친다士爲知己者死.' 세상에 나와서 내 부모를 빼고 처음으로 나를 알아준 사람은 장인어른과 장모님이셨다. 그해 토정비결의 봄 점괘가 어떻게 나와 있는지 모르지만, 그분들이야말로 내가 만난 첫 번째 귀인이었다.

사윗감을 고를 때, 그 사람의 됨됨이를 보지 않고 그 사람의 사회적 신분이나 재산, 학력, 집안 등을 보고 평가하는 게, 예나 지금이나 자식 가진 부모들의 상정일 것이다. 그러나 장인어른은 그런 통념을 버리고 벌거벗은 나를 한눈에 알아보신 것이다. 보이지 않는 것을 보는 눈을 혜안이라고 한다면, 그분은 분명 혜안을 갖추신 분이라고 생각했다. 나를 알아 주신 데에 대한 보답은, '내가 열심히 일해서 그분의 기대에 어긋나지 않게 사는 것'이라고 굳게 다짐했다.

결혼 후 취직하여, 몇 번의 특진을 거듭한 후, 서른여덟 무렵, 자재 구매 부장으로 자리를 옮기게 되었는데, 장인어른은 내게 걱정스러운 표정으로 부서를 바꿀 수 없겠느냐고 물으셨다. 회사 조직에서는 명령이 나면, 따르거나 그렇지 않으면, 그만두거나 하는 것이다. 나중에서야 알았지만, 자재를 구매하는 곳에는 뇌물이 성행하는 곳이라 젊은 내가 그런 유혹에 빠질 것을 염려하신 것이었다. 장인어른의 그런 염려를 마음속에 새겨 두었기에, 뇌물 유혹이 있을 때마다 그것을 단호히 물리칠 수 있었던 것이다. 그분이 내게 기대하고 계셨던 것은 그저 잘 먹고 사는 것을 넘어서, 보다 큰 뜻을 품은 훌륭한 CEO가 되기를 기대하셨던 것이다.

결혼 후 우리는 집 얻을 돈이 없어 부모님과 동생들이 사는 집의 방 한 칸에서 3년간 살았다. 아이 둘이 생겨 네 식구가 방 한 칸에서 살기가 힘들기도 했지만 아내 입장에서 보면 시집살이가 아닌가? 분가를 해 보려고 방 두 칸짜리 전셋집을 안암동과 종암동 일대에서 며칠간 돌아 다녔지만, 200만 원 아래에선 찾을 수가 없었다. 가진 돈이 얼마나 되느냐고 복덕방 할아버지가 내게 물었다. 120만 원밖에 없다고 했더니, 집값이 싼 서울 변두리로 가면, 집을 살 수도 있다고 하면서 수유리나 천호동엘 가 보라고 했다.

아내와 나는 천호동에서 대지 50평에 건평 20여 평의 마당이 제법 넓은 집을 소개받았다. 410만 원에 샀으나 전세 160만 원 융자 120만

원, 가진 돈 130만 원 지불하니, 소유자 이름만 바뀌었지 들어가 살 수는 없는 집이었다. 하루빨리 돈을 모아 전세금을 빼 주고 들어가 살 수밖에 없는 노릇이 된 것이다. 아내는 내색하지 않았지만, 누구보다 실망이 컸을 것이다. 언제 그 많은 돈을 모아 들어가 살 수 있을까 막연하기만 했다. 그런데 4개월이 지나 기적 같은 일이 일어났다. 입사한 지 3년여 만에 내가 동경 지사로 발령을 받은 것이다. 아내의 퇴직금으로 융자를 갚고 우리 네 식구는 1977년 2월에 도쿄에 있는 방 세 개 짜리 아파트로 이사를 하게 된 것이다.

삼 년 후 일본에서 돌아왔을 때, 한국은 부동산 붐이 폭발적으로 불고 있었다. 사두고 갔던 천호동 집 역시 4배 이상 올라 정확히 1,750만 원에 팔고, 거기에 얼마간 보태어 강남 역삼동 개나리 아파트 30평을 살 수 있었다. 종암동 언덕배기를 내려오면서, 이 주변은 비싼 동네니 변두리 쪽으로 가, 집을 사라고 하셨던 복덕방 할아버지! 그분이 아니었으면, 우리는 미아리쯤에서 방 두 칸짜리 허름한 집에서 전세살이를 하다가 일본으로 갔을 것이고, 돌아왔을 땐 집도 절도 없는 신세였을 것이다. 그 할아버지야말로 우리 가족에게 나타난 귀인이셨다.

이런 만남을 어떻게 설명해야 될까? 그분의 전생과 나의 전생 간에 윤회하는 과정에 서로 베풀고, 받은 업이 쌓여서 내게 그 공덕이 돌아온 게 아닐까? 받은 공덕을 어찌 갚을 수 있을까? 현생에서는 불가능한 일이다. 그분이 살아 계신다고 해도, 그분에 대해 아는 게 하나도 없다. 나와 아내가 세상을 떠나면, 현생에서 이런 사실이 있었다는 흔적조차 없어지게 될 것이다.

불가에서는 본생담本生譚이란 설화가 있는데 10만겁 년 전, 부처의 전생을 다룬 이야기가 나온다. 그때 부처는 선혜행자善慧行者라는 이름의 보살이었다. 연등불께서 길을 가다가 진흙탕을 만났는데, 선혜행자가 몸과 머리카락으로 진흙탕을 덮은 뒤 그 위를 밟고 건너게 했다. 연등불은 선혜 행자의 공덕을 치하하면서 예언을 했다. '내세에 부처가 나올 것이니 그 이름을 석가모니로 할 것이다.'

10만겁 년 동안 선혜행자는 온갖 짐승과 사람으로 태어나며 윤회를 거듭하다가 인도 카필라 성주의 아들로 태어나고 출가한 뒤 6년 만에 석가모니 부처가 된다. 까마득히 오래전에, 이 땅이 생겨나기도 전에, 연등불에게 베푼 선업에 대한 선과로 부처가 될 수 있었던 것이다. 윤회는 무한하기 때문에 시작도 없고 끝도 없다. 인연 따라 만나서 업을 만들고, 업은 영겁을 두고 흐르고 흘러 윤회의 길목에서 인과응보에 따라 길흉으로 만나기도 한다. 이 세상에서 나도 누군가에게 귀인이 된 적이 있었을까? 현생에 선업을 쌓아, 후생에서라도, 내가 받은 만큼, 그 공덕을 귀인들에게 돌려줄 수 있을까?

다이아몬드의
허영

　　내가 3년 간의 군 복무를 마치고 제대한 것은 1973년 9월 6일이었고, 9일이 지나 9월 15일 결혼을 했으니 나로서는 결혼 준비가 전혀 안 된 상태로 결혼식을 올리게 된 것이었다. 우리 집안 처지도 궁핍했던 터라 턱 없이 돈을 달라고 할 처지도 못 되었다. 다른 건 기억 할 수 없지만, 똑똑히 기억나는 것은 예물에 대한 문제였다. 그 당시는 신부에게 다이아몬드 반지를 해 주는 게 일반적으로 잘 된 예물이었는데, 그때 내 처지로는 꿈도 꾸지 못할 불가능한 일이었다. 내 동생들과 머리를 맞대고 짜낸 아이디어는 우선 유리로 된 큐빅 반지, 가짜 다이아 반지를 해 주고 나중에 돈 벌어서 진짜로 해 주자는 것이었다. 이것이 나에게 오랫동안 씻어 내지 못할 다이아몬드 콤플렉스로 남게 될 줄은 몰랐다.

　　신부 될 사람한테 솔직히 내 처지를 말하고 금반지로 할 수도 있었을 텐데, 지금 생각해 보면 내가 얼마나 어리석었는지 부끄럽다. 내가 할 수도 없는 다이아몬드에 대한 허영은 나의 형에 대한 열등의식에서 비롯되었다고 생각한다. 형은 회사에 입사해서 수년이 지나 결혼했는데, 회사에서 그 비용을 다 부담해 주었다. 형은 해외 출장지에서 다이아몬드를 직접 구입해, 국내 보석상에서 신부의 손가락 사이즈에 맞춰 세공했던 걸로 기억한다. 그 당시 내겐 미래에 대한 상상력은 있었으나, 현재 내게 닥친 현실적 모순을 해결할 능력이 하나도 없었다.

그 당시 신부가 자랑할 수 있는 것은 예물로 무엇을 받았느냐였다. 다이아 반지를 받은 신부는 주위 친구들에게 반지를 자랑하고 친구들로부터 부러움을 한 몸에 받는 것이었다. 부유한 집에서는 다이아몬드뿐만 아니라 루비 사파이어 등 원석을 해외에서 구입해 들여와서 반지에 맞추어 세공을 별도로 했다. 예나 지금이나 결혼식을 화려하게 하려는 것은 결혼을 하는 신랑신부보다는 그 부모의 허영심이 더 크기 때문일 것이다. 신랑과 신부의 운명적 사랑이 물질적 가치로 환산되는 것 같아 마음 한구석 편치 않지만, 일생에 한 번밖에 없다는 구실로 '어리석음의 극치'를 인간들은 예나 지금이나 저지르고 있는 것이다.

아내도 다이아 반지를 끼고 친구들에게 자랑하고 싶었겠지만, 유리로 된 큐빅 반지를 끼고 자랑할 수는 없었을 것이다. 신부로서 부러움을 한몸에 받고 싶은 것은 모든 신부들의 상정이기는 했지만, 그것을 단순한 허영이라고 하기보다 오히려 들뜬, 달콤한 꿈 같은 것이라고 하는 편이 더 나을 것 같다. 외국 영화를 보면 결혼 초에 '허니문 드림'을 즐기는 장면이 자주 나오는데, 그런 장면을 볼 때마다 문득문득 아내에게 자괴감 같은 것이 들곤 한다. 아내에게 허니문은커녕, 조그만 집에서 시부모님을 모시고 시댁 식구들과 함께 3년간 시집살이를 시킨 것에 대해 미안한 마음이 든다. 아내에겐 시집 식구 누구나 낯선 사람들이고, 나 하나 믿고 사는 처지였으니, 그런 난관을 잘 견디어낸 아내가 존경스럽기도 하다.

군인 신분으로 만났기 때문에, 신부 측에선 나에 대한 의혹이 많았을 것이다. 군인 신분은 남자라면 누구나 갖출 수 있는 것이기 때문에 사회적 신분이라고 말할게 못 되었다. 그때로서는 나의 학력만이 나를 보증해 줄 수 있는 그런 처지였다. 나중에 알게 되었지만, 공무원이었던 동서되는 분이 고려대학교 교무처에 가서 나에 대한 신상 조회를 했다고 한다. 처음 인사드리러 갔을 때, 장인어른은 우리 집안에 대해 알려고도 하지 않으셨고 묻지도 않으셨다.

그분은 나의 현재 가치보다 미래 가치에 방점을 찍으신 것 같았다. 아내 역시 나를 만난 지 얼마 되지 않았고 서로 주고받은 편지 몇 통으로 상대를 파악한 게 전부였으면서도 우리 집안에 대해 꼬치꼬치 알려고 하지도 않았다. 요즈음 같으면 가짜 다이아 반지를 해 주면, 사기 결혼이라고 이혼을 합네 하고 요란스러웠겠지만, 처갓집 식구 어느 한 사람도 내게 그 사건에 대해 내색한 적이 없었다.

15년 뒤 나는 (주)선경 오사카 지사장으로 근무하고 있었다. 오사카에는 우리나라의 종합상사와 은행을 중심으로 크고 작은 회사의 주재원들이 나와 있었다. 주재원들의 부인들도 친소 관계에 따라 모임을 만들어 만나기도 하는데, 부인들 중에 보석을 모으는 사람이 있었나 보다. 어느 날 아내는 내게 다이아 반지를 사고 싶다고 했다. 그 말을 듣는 순간, 15년 전에 진 빚을 갚는다고 생각을 하니 속이 뻥 뚫리는 것 같았다. 며칠 뒤 아내가 내게 그 다이아 반지를 보여 주며, 사이즈가 얼마나 되며 품질은 어느 정도인지 내게 설명해 주었는데, 이 글을 쓰며 그것을 기억해 보려고 하지만, 기억이 잘 나질 않는다. 아내에게 그 사이즈를 물어 봤더니 다이아몬드 1캐럿이라고 했다.

2008년 아들에게서 일본 여자와 결혼하겠다는 전화를 아내가 받았다. 아내는 가슴이 떨린다고 했다. 나도 처음엔 분해서 가슴이 떨렸다. 그러나 결혼해 일본에서 살든, 한국에서 살든 부모와 떨어져 사는 건 마찬가지 아닌가. 어차피 자식들은 어떤 형태로든 부모를 떠나게 되어 있다. 돌이켜 보면, 우리들도 결혼해서 부모의 곁을 떠나지 않았는가. 우리는 아들의 결혼을 승낙했다. 승낙했다기보다 반대할 수가 없었다.

아내와 함께 신부 쪽 부모들도 만났고 결혼식은 한국에서 하기로 하고 모든 비용은 우리가 감당하기로 했다. 아들과 신부 될 애를 따로 불러 긴자 보석상으로 가서, 다이아 반지와 다이아 목걸이를 고르라고 했다. 처음엔 사양하기에, "아들이 지금은 돈이 없어서, 내가 대신 돈을 지불하는 것이니 아들이 네게 사주는 것이다."라고 했다. 그제야 며느리 될 애는 아들과 함께 맘에 드는 것을 고르기 시작했다. 옛날 아내와 올렸던 결혼식을 떠올리며, 문득 아들이 부러워지기도 했다.

아들의 아내도 일본인, 자식들도 일본인 처가 쪽 사람들도 일본인인데, 내 아들만 한국인으로서 다른 정체성을 가지고 그들과 함께 살아갈 수밖에 없다. 이것이 일본에서 앞으로 수십 년을 살아가야 할 내 아들의 운명일는지도 모른다. 지금은 서로 좋아서 아이들 낳고 행복하게 살고 있지만, 행복이란 것은 내 손이 닿는 곳에, 늘 그곳에 머물러 있는 게 아니라는 것을 노인이 된 나는 잘 알고 있다. 타국에서 아들이 겪을 외로움과 따돌림을 생각하면 마음이 아프다. 결혼식을 성대하게 치러 줌으로써 사돈 되는 사람들이 내 아들을 업신여기지 못하도록 허세를 부리고 싶었다.

하객 500여 명을 엄선해서, 워커힐 호텔 그랜드볼룸을 꽉 채우고, 초청 없이 몰려온 백여 명의 손님들은 다른 방을 얻어 모실 수밖에 없었다. 결혼식은 성황리에 끝마쳤다. 아내와 나는 금년에 결혼 50주년을 맞게 되었다. 가짜 다이아 반지를 예물로 받은 신부는 한때 가족들과 친구들 앞에서 자존심이 망그러지기도 했겠지만, 사기꾼 하나를 사람 만들어 가며, '인기 시트콤 드라마'처럼 50년을 함께 살아온 것이다. 아들과 딸이 날을 잡아 축하 파티를 해 주겠다니 고마운 일이며, 금혼식에서 교환할 예물들은 모두 준비되어 있다. 그러나 '우리의 삶 자체가 본래 고통이고, 내가 살아온 현실적 성취들이 모두 물거품 같은 것들이며 그것은 어리석음에서 비롯한다'고 부처는 가르치신다. 그렇다면 다이아몬드는 무엇일까? 그것은 어리석음의 덩어리일 것이다.

설거지

설거지의 사전적 의미는 음식을 먹고 난 뒤에 그릇을 씻어서 정리하는 일이라고 되어 있다. 설거지의 본래 옛말은 '설겆이'였다고 한다. 설겆이는 설겆다의 명사형인데, 상 위에 차려놓은 음식 그릇을 거둬들인다는 말이란다(설건우다). 그런데 무슨 이유인지는 몰라도 '설겆다'라는 동사는 사라지게 되어 자연스레 '설겆이'라는 명사도 없어지게 되었다. 그 대신 소리 나는 대로 '설거지'라는 명사로 남아 '설겆다'라는 동사 대신 '설거지하다'라는 복합 동사를 쓰게 된 것 같다.

어떤 이는 식사의 시작이 쌀을 밥솥에 안치는 게 아니라 식재료를 사기 위한 '장보기'부터 라고 한다. 그러면 식사의 끝마침은 언제가 될까? 과일을 깎아 먹고 차를 마시는 등, 디저트를 끝마칠 때까지일까? 그는 말하기를 설거지를 끝마쳤을 때 식사가 끝난다는 것이다. 내가 지금까지 습관적으로 알고 있는 식사의 의미와 전혀 다른 것이었다. 나의 식사는, 식탁에 앉음으로 시작해서 내게 주어진 밥 한 그릇을 먹고 나서 수저를 식탁에 놓고 일어섬으로 끝마치는 것으로 되어 있다. 그의 말이 맞다면, 아내와 나의 식사 시간은 시작에서부터 끝마침까지 전혀 다른 것이 된다. 그렇다면, 나와 아내는 한집에 둘이 살면서 함께 온전한 식사를 해 본 적이 없을 수도 있다. '식사의 끝마침은 설거지를 끝마칠 때'라고 하는 그 사람의 새로운 개념은 신선한 공감이 가면서도 어딘가 미심쩍은 생각이 가시질 않았다.

여기에 말꼬리를 더 달고 싶지는 않지만 식사의 시작을 좀 더 확대해 보면, 장 보기 앞의 과정일 수도 있다. 시장에 가기 전, 수입에 맞게, 그날의 이벤트에 어울리게, 식재료의 구매 계획을 세워 둬야 하지 않겠는가. 그렇다면 식사의 시작은 장 보기의 계획을 세우는 시점으로 거슬러 올라갈 수도 있을 것이다. 아침 식사와 설거지의 끝마침은 곧 점심 식사와 설거지의 시작이 되고 점심 식사의 끝마침은 저녁 식사의 시작이 된다. 하루 세끼 식사하고 설거지하는 것이 하루의 삶이 되어 버린다면, 거기에 끼니때마다 '뭘 먹지?' 하고 고민하는 시간까지 더 한다면, 도대체 우리 인생은 식사하고 설거지하다가 끝나는 것이란 말인가?

칠십을 훨씬 넘어 아내와 단둘이 살고 있는 요즈음, 아내는 늘 부엌에서 바쁘고 나는 늘 게으르게 소파에 앉아 TV를 본다. 달리 표현한다면, 아내는 늘 살고 있고, 나는 늘 죽고 있는 것 같다. TV를 켰다 껐다 하는 것도 못할 일이다. 설거지라도 하겠다고 하면 아내는 내게 뭐라 할까? 이제나저제나 말을 꺼내려고 아내의 눈치를 살피고 있는데, 니체 선생의 말이 생각났다. 권력의지will to power! '모든 살아있는 것들이 갖고 있는 원초적 욕망이라고 한다. 남을 정복하여 스스로 강해지려는 의지라고 한다.' 두 사람 이상이 만나면, 권력의지가 충돌하게 되고 그 충돌의 결과로 서열이 정해진다는 것이다. 노년의 부부가 사는 공간에서, '권력'은 총구에서 나오지 않고 부엌에서 나오는 것 같다. 이제 와서 부엌을 기웃거리는 할배들은 참 불쌍하다.

나와 아내는 얼마 전부터 점심 설거지를 내가 하는 것으로 합의를 보았다. 합의라기보다 내가 일자리를 구한 것이다. 물론 니체 선생의 권력의지will to power 게임에서 내가 밀렸다든가 하는 따위의 상상을 할 필요는 없다. 적어도 우리 노부부는 그런 게임을 초월한 지 오래되었다. 한집에 둘이 사는데 한 사람이 요리하고 설거지까지 전부 도맡아 한다면, 아내는 자기의 이름값을 다함으로써 매일매일 사는 것처럼 살고 있는 것 같았다.

아내에게 너무 많은 노동의 짐을 주는 것 같지만, 역설적으로 말한다면, 늘그막 인생의 삶을 아내만 홀로 살고 있다는 생각이 들기도 했다. 하루 세 끼 식사하고 설거지하는 것이 우리의 삶의 거의 전부인 이상, 나도 설거지의 일부를 맡아 함으로써 나의 이름값을 찾고 싶었다. 아내와 노동을 나누고, 아내가 사는 노년의 삶을 나누어 갖고 싶어서 내가 자발적으로 점심 설거지를 맡겠다고 한 것이다.

처음엔 손에 물이 닿는 것이 아주 싫었는데 그것도 자주 해보니 이젠 어느 정도 익숙해졌다. 그릇에 기름이 많이 끼어 있으면 세제로 닦아내고 수세미 비슷한 천으로 뽀드득 소리가 나도록 힘주어 닦아내어 흐르는 수돗물에 헹구어 물기가 잘 빠지도록 엎어 놓는 것이다. 그리

유태표 수필집 | 기다림 없는 슬픔

고 싱크대 전체를 잘 정리하고 인덕션 주위의 얼룩진 오염을 깨끗이 닦아내고 행주를 비누칠해 빨아 널어놓으면 설거지는 끝난다. 설거지의 시작과 끝마침을 논리적으로 개념화시켜 그 의미를 번잡하게 한다면, 설거지는 개념만 남고 실체를 잃어버릴 수도 있다. 설거지는 그저 실천하는 것이지 개념은 아무런 필요도 없다는 것을 설거지를 해 가면서 깨닫게 되었다.

조금 산만하고 복잡한 나의 뇌 구조는 설거지를 하는 동안에도 작동을 멈추지 않는다. 그릇을 닦으면서 내 몸을 닦고 있다는 생각을 할 때도 있다. 나의 중장년 시절, 판매 시즌이 되면, 외국 손님들 접대를 위해 거의 매일 밤늦도록 술을 마시고 집에 들어갔다. 아이들은 잠들어 있고 아내만 앉아서 나를 기다린다. 술에 약한 나는 속이 거북해 씻지도 못한 채 그대로 누워 잔다. 그 이튿날 아침 일찍 출근하여 오전에 일을 보고 점심시간에 짬을 내어 사우나 탕에서 땀을 흘리며 몸을 씻고 나면 피로가 싸악 가신다. 내 몸을 그렇게 설거지해 놓고 나면, 그날 저녁에도 늘 그렇듯이 손님과 함께 밤늦도록 술을 마시고, 그 다음날 또 몸 설거지를 되풀이하는 반복적 과정에 익숙했던 시절도 있었다. 어째서 설거지를 하며 그때의 일을 생각하게 되었는지 잘 모를 일이지만, 결코 우연한 일은 아닌 것 같다.

설거지를 하면서 어느 때는 돌아가신 아버지를 생각한다. 사내가 되어 부엌 출입을 하면 집안의 수치인 것처럼 유교적 가풍이 몸에 배셨던 아버지는, 어처구니없는 표정으로 내게 이렇게 일갈하실 거다. "못난 놈! 칠십을 훨씬 넘겨 살면서 겨우 한다는 게 설거지 질이냐?" 나는 설거지를 잠시 멈추고 아버지께 드릴 말씀을 생각해 보았다. 아버지! 저는 설거지를 하는 게 아니라 제 몸을 닦고 있는 것입니다. 인생의 제 4막 커튼이 내려지기 전, 제 인생을 깨끗한 물로 구석구석 닦아 내고 맑은 물로 헹궈 내고 있는 것입니다. 노부부가 살고 있는, 저희 집안엔 권력의지權力意志의 충돌보다는 순수한 삶의 의지, 더 이상 생로병사를 슬퍼하지도 않고諦念, 이제는 그것을 사랑하기로 했습니다. 남편은 남편의 이름값을, 아내는 아내의 이름값을 다 하라夫夫妻妻는 공자 선생의 말씀도 충실히 따르며 살고 있답니다.

오랜 반려와의 추억

우리 인간들은 까마득한 옛날부터 개와 가까이 지내 온 게 사실인 것 같다. 신석기 시대의 지층에서 발굴된 유골 중에는 사람의 뼈와 개의 뼈가 다수 섞여 발굴되었다고 한다. 개는 집을 지키고, 그 집의 음식물 찌꺼기를 먹어 치움으로써 하수도 처리를 해 주고, 어린 아기가 똥을 싸면 '워리'를 부르는데, 개는 지체없이 달려와 마루 위에 싸놓은 똥을 맛있게 먹은 후 혀로 핥아 걸레질까지 해 주었다. 이것이 내 어린 시절, 시골의 한가한 여름 풍경이었다. 주인이 기뻐하면 같이 기뻐하고 슬퍼하면 조용히 벽 구석에 쪼그리고 앉아 함께 슬퍼해 준다. 요즈음 아파트 시대에는, 끼니때가 되면 실내에서 밥 먹고 잘 때는 침대에서 사람과 함께 잔다. 가족이라 해도 과할 게 전혀 없는 반려가 된 것이다.

우연히 어느 교수가 쓴 칼럼을 읽었는데, 영어 속담에 이런 게 있다고 한다. '친숙은 경멸의 근본이다Familiarity breeds contempt.' 사람이 서로 간에 익숙해져 허물이 없어지면 상대를 깔보게 된다는 말이다. 인간이 개와 너무 친숙한 나머지 개를 경멸한 탓일까? '나리'는 순수한 우리말 꽃 이름이다. 다른 이름은 백합이라고도 불린다. 나리꽃의 꽃말은 순결, 영원한 사랑이다. 그러나 꽃 이름 앞에 '개'가 붙으면 가짜 또는 저주의 의미를 갖게 된다. 개나리, 개살구, 개꿈, 개망신, 개복숭아, 이런 단어들은 사전에도 나온다. '개같은 인생'의 사전적 의미는 '비참한' 인생, '무의미한' 인생이라고 되어있다. 일상으로 건네는 좋은 말도 맘에 들지 않으면, 개소리라고 한다. 개만큼 인간에게 만만한 동물이 또 어디 있을까? 개는 자신이 인간에 의해서 최악의 조롱을 받고 있다는 사실조차 알지 못한다.

우리 집에 장군이란 이름을 가진 강아지 한 마리가 있었는데 십 년 남짓 살다가 죽었다. 그놈은 신장 계통에 지병을 앓다가 끝내는 신부전증으로 죽었다. 동네 병원에선 더 이상 손을 쓸 수 없다고 해서 수원에 있는 종합 병원으로 옮겨 입원하던 중, 사흘째 되던 날, 급한 전화 연락이 왔다. 위독한 상태라 심폐 소생술(?)을 시행하고 있지만, 힘들 것 같다고 하여 달려 갔는데 이미 죽은 뒤였다.

시신을 집으로 옮겨 와 하루를 재운 뒤 다음 날, 광주 장례식장에서 화장한 후 유골을 안고 집으로 돌아왔다. 페르귄트 모음곡에 나오는 장송곡보다 더 장중하고 슬픈 분위기 속에서 며칠간 지낸 탓에 우리 가족 셋은 몹시 피곤해져 있었다. 아버지가 이 희한한 장면을 보셨다면 무어라 말씀하셨을까?

솔직히 말해서, 나는 아내와 딸의 슬픔 속에 휩쓸려 슬펐던 것이지, 진정한 나의 슬픔은 아니었다. 나의 슬픔은 그저 의례적인 것이었다.

개 한 마리 죽는 것을 갖고 왜 저러나? 동네 병원에서 안락사시켜 나무 밑에 묻어 주는 게 장군이를 위하는 길이라고 내 의견을 내놓았지만, 아내의 생각이 너무 완강해서 괜한 오해를 받을까 봐 불만스러워도 아내가 하자는 대로 따랐을 뿐이다. 그 당시 매주 금요일엔 서울 회사에서 일을 하고 집으로 퇴근했는데 장군이는 꼬리가 떨어져라 흔들며 감격적으로 나를 반겼다. 이리저리 뛰고, 나에게 뛰어오르고, 마루에 나뒹굴고 그랬다. 지금도 그때를 생각하면 그놈이 보고 싶어진다. 인간이 개를 사랑하는 것은 개를 위하는 것이 아니라 인간 자신을 위하는 것이라는 걸 사람들은 모르고 사는 것 같다.

고양이보다 개는 비교가 안 될 만큼, 사람과의 정서적 교감 능력이 뛰어나다. 밤에 아파트 주위를 걷다 보면, 길고양이들이 여기저기 눈에 띈다. 야생 본능이 있어서일까? 인간이 그들을 버리면 버려진 대로, 그들은 인간과 함께 살던 집을 다시 찾지 않는다. 호숫가를 산책하는데, 개를 데리고 산책하는 사람들을 볼 수는 있어도 고양이를 데리고 산책하는 사람을 본 적이 없다. 왜 그럴까? 고양이와 달리 개는 사람과 교감하면서 걸을 줄 알기 때문일 것이다.

중학교 1학년 때라고 기억되는데 아버지가 일하시는 가게 근처, 동대문 시장에서 아버지와 둘이 개장국 집에서 개고기를 먹은 기억이 생생하다. 어른이 되어서도 늘 그때 그 맛을 잊을 수가 없다. 전쟁이 끝난 직후 너나없이 배고픈 때여서 그랬던 것 같지만, 그때보다 더 맛있는 개고기를 먹어 본 적이 없다. 대여섯 살 때쯤 시골 동네에서 개를 잡으면, 우리 몫을 받으러 아버지와 함께 현장에 가게 되는데, "먹어 볼래?" 하시며 소금을 묻힌 생간 조각을 내게 주시면 그냥 받아먹은 기억도 있다. 이렇게 개고기와 나의 관계는 어릴 때부터 서로 낯설지 않은, 마치 닭고기나 소고기를 맛있게 먹듯이, 단백질이 귀했던 시절, 그것은 맛있는 음식 가운데 하나일 뿐이었다.

도쿄 지사에서 근무할 때 폐결핵을 얻어 4개월간 결핵 병원에서 입원 생활을 하다가 서울로 돌아왔을 때, 아버지는 "폐병엔 개장국이 제일"이라고 하시며 보신탕 집에서 배바지 살을 특별히 주문해 사 주셨다. 그때 아버지와 함께 먹었던 그 고기 맛 역시 지금도 잊지 못하겠다. 어른이 되어서도 가난한 아버지가 사 주시는 맛있는 개장국을 먹었지만, 그런 일이 있은 후, 나는 주머니에 돈도 많았는데, 아버지께 개고기는커녕 소고기도 사 드린 기억이 없다. 개고기를 먹던 기억을 떠올릴 때면, 으레 아버지를 연상하지 않을 수 없고, 아버지께 죄송한 마음을 금할 수 없다.

그런데 입맛이 변한 탓일까? 나이 육십을 넘어서부터 개고기를 잘 먹지 않게 되었다. 왜 그럴까? 개고기보다 더 맛있는 음식이 내 가까이에 많이 생겨났기 때문이기도 했지만, 천안에서 생활하는 시간이 많아지다 보니 개고기를 권하는 동무들이 내 주위에 별로 없었기 때문이기도 했다. 거기에 빼놓을 수 없는 것은, 현대 사회의 개고기에 대한 인식의 변화인 것 같다. 단백질 섭취나 식도락을 위해, 반려견을 잡아먹을 수 있느냐는 것이다. 마치 흡연자들이 금연자들로부터 죄인처럼 따돌려져 고립되듯이, 개고기 먹는 사람을 식인종처럼 따돌리기 때문이기도 했다. 그러나 아직도 개고기를 즐기는 끈질긴 내 동무들은 모란시장 보신탕 집에서 나를 불러낼 때가 있다. 그러면 나는 이런 저런 핑계를 대며 거절하게 되는데, 이상한 것은 거절할 때마다, 오랜 반려를 배신하는 것 같은 미안한 마음이 생기는 것은, 무슨 코미디 같은 역설인지 모르겠다.

삐뚤이 선생님

　고등학교 시절, 내가 문과를 선택한 것은 물리 화학 과목이 싫어서였다. 물리를 가르쳤던 선생님은 별명이 삐뚤이였는데, 항상 고개가 오른쪽으로 기울어져 있었기 때문이다. 선생님은 수업이 시작되기 전 반드시 숙제 검사를 했다. 숙제를 안 해 오거나, 틀렸을 경우 반드시 체벌을 가했다. 그분의 체벌은 독특해서 종아리나 손바닥을 때리는 정도가 아니라, 주먹으로 왼쪽 턱을 가격하는 것이었다. 주먹을 들어 가격하려는 순간 왼쪽 어금니를 꽉 물지 않으면 잇몸을 다치거나 이빨이 상할 수도 있는데, 신기하게도 그렇게 다친 학생은 없었다.

　학교를 졸업한 뒤에도, 물리 법칙에 관한 문제에 부딪히면, 그것을 피해 가거나, 책을 읽다가도 그런 문제에 부딪치면 책장을 덮곤 했다. '파스칼의 원리'에 대해서도 책을 읽어서 이해했다기 보다는 치약이 짜여 나오는 현상을 보고 이해했을 정도다. 그럴 때마다 나는 그 삐뚤이 선생님을 원망했다. 나에게 물리 등 과학 과목을 멀어지게 만든 사람은 바로 그 선생님이라고 믿고 있었기 때문이었다. 그 당시 나의 눈에 비친 그의 모습은 선생님답지 않고, 지성을 찾아보기 힘든 힘 센 폭군 정도로 보였다.

내가 잘나가던 시절, 쉰 살 무렵 상무이사로서 섬유 수출 본부장을 맡고 있을 때, 어느 날 외근을 하고 사무실로 들어왔는데 비서가 접견실에서 고등학교 은사님이라는 분이 기다리신다고 귀띔을 했다. 누구일까? 순간적으로 머릿속에 떠오르는 몇몇 선생님 중에 삐뚤이 선생님은 없었다. 그러나 접견실에서 기다리는 은사님은 뜻밖에도 바로 그 무서웠던 선생님이었다. 순간적으로 내 눈을 의심했지만, 분명 그분은 삐뚤이 선생님이었다.

그때도 선생님의 고개는 오른쪽으로 약간 기울어진 채 나를 기다리고 계셨다. 내가 접견실에 들어서자 선생님은 자리에서 벌떡 일어나셨다. 조그만 노인이 제자의 인사를 받으시는데 예의를 깍듯이 갖추는 것이었다. 학교 시절엔 기골이 장대하고, 주먹을 휘두르고, 때로는 몽둥이를 들었던 선생님은 황소만큼이나 큰 몸집이셨는데 어찌된 일인가? 나보다 작은 키에 양어깨는 좁아져 있었다. 무서웠던 선생님은 어디로 가고 약하고 착한 눈매를 가진 노인이 되어, 나를 어려워하며 공손히 내 앞에 앉아 계셨다.

고등학교 시절 나는 선생님에게는, 별 볼 일 없는 학생이었을 것이다. 물리 성적이 좋았을 리도 없고, 키도 중간 정도이고 얼굴도 별 특색이 없었다. 그러나 내 이름 하나만은 특별히 남달랐다고 생각한다. 내 이름은 부르기에 좀 불편한 게 사실이다. 이름에 대해 콤플렉스가 있었던 나는 전화번호부에서 나와 동명이인을 찾아본 적이 있었지만, 성과 이름이 나와 똑같은 사람은 없었다. 할아버지께서 지어 주신 이름인데, 가운데 클 태泰 자는 족보상에 항렬자라서 별 의미는 없지만 표杓자는 북두 자루 표杓 자이다. 지금도 내 이름의 의미는 나에겐 너무 큰 것 같다고 생각한다.

평범했던 학생을 선생님이 어떻게 기억을 하고 삼십수 년이 지난 지금, 나를 찾아오셨을까? 아주 짧은 시간에 내 머릿속에서는 그분에 대한 여러 가지 추리와 의심이 분주히 작용하고 있었다. 그것은 어쩌면 내 직업병일는지도 모르겠다. 많은 사람을 만나다 보니, 대화를 통해 늘 상대방에 대한 신용을 탐색하는 버릇을 갖게 된 것이다. 더군다나 솔직히 말해, 그때까지도 그 선생님에 대한 나의 감정은 좋은 게 아니었기 때문이다.

선생님은 우리 회사 분위기에 압도되어 있는 듯했다. 그런 기미를 알아챈 나는, 회사에서 내가 맡고 있는 본부의 매출이 얼마이며, 내 지휘 아래 있는 직원들이 수백 명이 넘는다는 등, 나의 직책과 지위 등에 대해 자랑을 늘어놓았다. 마치 삼십여 년 전에 몇 차례 숙제를 안 해서 당신한테 주먹으로 얻어맞던 옛날의 내가 아니라고 외치는 듯, 마음 한구석에서는 카타르시스와 같은 마음의 정화가 일어나는 경험을 하기도 했다. 내 이야기를 듣는 내내, 선생님은 감동받은 표정을 지으며, 연신 "대단해" "대견한 일이네" 하시며 고개를 끄덕이셨다.

비서가 다과를 준비해 들어오자, 비서도 들으라는 듯 나에 대한 찬사를 늘어놓으셨다. 유 군은 어렸을 때부터 범상치 않았다는 것, 이렇게 큰 인물이 되리라는 것을 당신은 이미 알고 있었다는 것, 제자들을 가르치며 힘들 때도 있었지만 이렇게 성공한 제자를 보면 보람을 느낀다는 것 등이었다. 선생님이 내게 하는 말씀이 거짓말이란 것을 알고 있었기 때문에, 나 역시 거짓말을 해드려야겠다고 생각했다. 오늘날 내가 이렇게 된 것은 모두 선생님의 가르침 때문이라는 것, 지금도 선생님의 속을 썩여 드린 것을 생각하면 몸 둘 바를 모르겠다는 것, 선생님은 엄격하셨지만, 그 속마음은 따뜻한 분이셨다는 것 등이었다.

이상한 것은 계산된 거짓말을 하고 있는데 말을 더듬을 정도로 마음이 울컥해지는 것이었다. 보통은 진실을 말할 때 울컥해지기도 하는 것인데, 계산된 거짓말을 하는데 울컥해지는 것은 처음 경험하는 일이었다. 선생님은 뭔가 내게 부탁을 하러 오신 게 틀림없다고 생각했다. 아들의 취직 부탁을 하려고 왔을까? '그건 곤란하지'라며 미리 석낭한 말을 순비하고 있었다. 들어줄 수 없는 부탁을 받았을 때, 흔히 좋은 말로 돌려보내는 수법, 선생님이 내게 했던 것처럼 나도 거짓말로 선생님을 추켜드렸던 것이다. 이처럼 계산된 거짓말을 서로 주고받았는데 울컥해지는 것은 무슨 까닭일까?

선생님은 내게 책을 팔려고 오신 것이었다. 세 개의 질帙을 내게 내놓으시면서 제일 싼 것은 삼십만 원이고 제일 비싼 것은 팔십만 원인데 제일 싼 것으로 하라고 했다. 나는 제일 비싼 것으로 골랐다. 이렇게밖에 도와드리지 못해 죄송하다는 말씀도 드렸다. 차비에 보태시라고 봉투에 얼마간 넣어 드리면서, 어려운 일 있으시면, 또 오시라고 하며 엘리베이터까지 배웅해 드렸다. 좁아진 어깨는 약간 앞으로 구부러져서, 아주 앙상해진 선생님의 어깨를 꼭 껴안아 주고 싶었지만 엘리베이터 문이 열리고 선생님과 그렇게 헤어졌다.

선생님을 보내드린 뒤, 방문을 닫아 걸고 창밖을 내다보며 선생님의 앙상한 어깨와 오른쪽으로 기울어진 얼굴을 떠올렸다. 제자 앞에 부끄러움을 무릅쓰고 책을 내어놓을 때, 당신의 마음이 얼마나 민망하셨을까? 그 생각에 이르러 선생님이 측은해지기 시작했다. 그동안 폭군으로만 생각했던 선생님의 이미지는 내 기억 속에서 말끔히 사라졌다. 오늘 그분은 각박한 세상에서 늙고 힘없는 노인이 되셨지만, 이제부터 나의 스승으로서 내 기억의 공간을 채울 것이라고 다짐했다. 계산된 거짓말로 선생님을 속이면서 내가 왜 울컥해졌는지 그 이유를 알게 되었다. 선생님이 바로 내 앞에 앉아 계신 것만으로 그분은 내 양심이었기 때문이다. 스승의 힘은 위대하다고 몇 번이고 되뇌었다.

몇 개월이 지나 일본 현지 법인 사장으로 발령을 받아 도쿄로 떠난 후, 이 글을 쓰기까지, 그 선생님을 생각해 볼 여유가 내게 없었다. 지금에 와서 돌이켜 보면, 나뿐만 아니라 우리 세대들은 스승이 없는 세상을 너무 거칠게 살아온 것 같다. 스승 없이도 먹고사는 데 지장이 없어서였을까? 스승은 우리 삶의 의지처이고 우리의 삶을 안돈케 해주는 마음의 고향이다. 한평생을 살면서 존경하는 스승 한 사람 없었다면, 그 사람이 과연 성공한 삶을 살았다고 할 수 있을까? 산업화 시대를 거쳐 IT시대로 접어든 지금, '선생들은 많으나 스승은 드물다'고 한다. 불행한 일이지만, 앞으로도 스승이 없는 거친 세상이 계속 이어질 것 같아 걱정이다.

먹고사는
기술

　　오래전, 케이블 TV에서 단막 실화 드라마를 본 적이 있다. 재혼한 노부부는 서로 사랑하지만, 몹시 가난하다. 식량이 바닥 나, 그날 저녁거리밖에 없어 두 사람은 마주 앉아 마지막 저녁을 먹는다. 남편에게 속 썩이는 장년의 아들이 있었는데, 노부부의 부양자로 되어 있어 정부로부터 최저 생계비를 보조받지 못하는 것이다. 이혼을 하면 아내 이름으로 보조를 받을 수 있을 거라는 말을 듣고 이튿날 아침, 이혼 수속을 밟으러 손잡고 집을 나선다. 서로 놓칠세라 손을 꼭 잡고 구청으로 가고 있다.

　늘그막에 가난한 사람끼리 외로움을 덜고자 재혼했지만, 가난한 삶은 두 배로 커져 서로에게 멍에가 되어, 하루하루가 더욱더 힘든 삶이 되어 버린 것이다. 외로움을 덜고 안락한 가정을 꾸리려고 한 노부부의 소박한 꿈은 가난을 이기지 못하고 깨어질 위기에 처한 것이다. 노부부는 그 후에 어떻게 살다가 어떻게 떠나갔을까? 두 사람은 사랑의 힘으로 여생을 해로할 수 있었을까? 드라마는 여기서 끝나며 '에필로 그'가 자막으로 나오는데, 송곳으로 우리의 맨살을 찌르는 것처럼 아프다. '세상에서 가장 힘든 기술은 먹고사는 기술이다.'

무항산 무항심無恒産 無恒心! 맹자의 이 말씀은 경제적 안정이 없으면, 늘 바른 마음을 가질 수 없다는 뜻이다. 그렇다고 항산恒産이 곧 항심恒心이 되는 것은 아니다. 항산은 항심을 갖기 위한 필요조건이지 필요충분조건은 아닌 것이다. 늘 바른 마음恒心을 유지하려면 적어도 생산恒産이 지속되어야 한다는 것이다. 주경야독이라는 말이 어려운 환경에서 공부한다는 말로 쓰이기도 하지만, 낮에는 먹고 살기 위해 일을 하고 남는 시간에 공부한다는 말로 쓰인다.

맹자보다 180년 전에 살았던 공자는 이렇게 말했다. 나라의 법이 있는데 가난하게 사는 것은 부끄러운 일이며, 나라의 법이 무너졌는데 부귀하게 사는 것 또한 부끄러운 일이다. 정당한 수단으로 돈을 번다면 그것은 옳은 일이라는 말씀이다. 공자와 맹자의 생생한 경제관은 첫 번째가 백성을 먹이고 그다음이 교육과 국방이었다. 책을 읽어 수신제가를 익히기 전에 생산을 하여 의식주부터 해결해야 한다는 것이다. 나물 먹고 물 마시는 안빈낙도의 삶은, '가난해도 원망함이 없는貧而無怨' 선비의 엄격한 자기 수양을 말하는 것이지, 게으른 선비들이 가난을 미화하는 무책임한 위선적 삶이 아닌 것이다.

대학 시절 비교적 가깝게 지낸, 친구의 죽음이 생각난다. 천안이 고향이었던 그 친구는 나처럼 집안이 어려웠다. 졸업 후 그는 항공 회사에 들어갔고 나는 종합 상사에 입사했다. 얼마 후 그가 노조 위원장이 되었다는 소식을 들었고, 나 역시 해외지사로 발령을 받게 되어 이렇

유태표 수필집 | 기다림 없는 슬픔

게 저렇게 소식이 끊겼다가 육십이 되어 동창회에서 만나게 되었다.

이십수 년을 근무하다 퇴사할 때, 그의 동기들은 임원이 되었는데 그의 직위는 과장대리였다고 했다. 일 년에 한두 번씩 만나며 3년쯤 지났을까? 어느 날 그에게서 전화를 받았다. 고향 친구와 천안에서 부동산을 같이 하기로 했다는 것이었다. 나 역시 천안에 홀로 지내던 터라 몇 번인가 식사를 같이했다. 두꺼비가 파리를 삼키듯이 그는 소주를 넙죽넙죽 잘 받아 마셨고 줄담배를 피워댔다.

부천에서 천안까지 출퇴근에 왕복 4시간 걸린다고 했다. 그 당시 나의 시간 개념으로는 이해할 수 없는 것이었다. 시간 밖에서 살아온 지가 오래되어서인지 그에게 시간은 별 의미가 없게 된 것 같았다. 우리의 삶은 시간과 공간이라는 제약 속에서 그 의미를 찾을 수 있다. 만약 그 제약이 허물어지면 우리 삶의 체계도 무너지게 된다. 이야기가 좀 빗나가지만, 은퇴 후 나의 삶의 체계도 많이 무너져있는 게 사실이다. 수입은 얼마나 되느냐고 물었더니 "시간 보내는 거지 뭐" 이렇게 대답하며 겸연쩍게 웃었다. 그는 가난하고 지루한 삶에 익숙해져 있는 것 같았다.

어느 해 연말, 그에게서 전화를 받았다. 동창 모임의 총무인 그는 송년회 준비를 하지 않으면 안 된다. 장소와 시간을 정하는데 나에게 상의를 해야 했다. 송년회 비용을 얼마간 내가 부담해 주었기 때문이었다. 바쁜 시간 중이라 나중에 전화하기로 했는데, 그 후에 연락이 없었다. 다른 동창의 말로는 그가 폐암 말기로 현대아산 병원에 있는데 나에게 전화했을 리가 없다는 것이었다. 다른 동창과 함께 이리저리 수

소문해서 현대아산 병원의 로비에서 휠체어를 탄 그의 모습을 볼 수 있었다.

입원비가 없어 근처에 숙식처를 정하고 통원 치료를 하고 있었다. 당뇨 합병증으로 다리 하나를 절단한 채, 부인이 미는 휠체어에 어린애처럼 앉아 있었다. 내가 알아들을 수 있는 그의 말은 부인에게 크림빵을 사 달라는 것이었다. 준비해 간 돈을 치료비에 보태 쓰라며 그 부인에게 전달하고 난 뒤, 아무런 말도 하고 싶지 않고, 또 듣고 싶지 않아 돌아서 천안으로 내려갔다. 내가 그날 목격했던 그 참담한 불행을 지금도 잊을 수가 없다. 차를 타고 천안으로 내려오는데, 그 친구에게 화가 났다. '네 부모와 형제들이 가난 속에서도, 오직 너에게 희망을 걸고 공부를 시켰으면, 적어도 가난으로부터 해방을 얻었어야 했다.'

일주일 후 그는 죽었다. 가난한 집에서 태어났지만, 가족들의 기대를 한 몸에 받고 자란 그는 역설적이지만 배고픈 고생을 모르고 산 것 같았다. 학교 시절 나는 학교 부근에서 가정교사로 학비를 마련했지만, 그는 연줄이 없어서인지 그런 것도 하지 않았다. 졸업 후 회사에 입사했을 때도, 누구든지 열심히 일을 해서 임원이 되겠다는 야망을 갖는 게 일반적인 것인데, 어째서 노조위원장을 맡게 되었는지 이해할 수가 없었다. 내게 마지막 전화를 한 것도 뭔가 부탁을 하려다 차마 입이 떨어지지 않아서 동창 모임 얘기로 돌렸던 것 같았다.

철 들기 전에 가난은 쉽게 잊힌다. 오히려 가난이 습관이 되어 가난에 잘 적응하는 삶을 살게 되고 가난에서 헤어나지 못하는 삶을 살게 된다. 힘들면 쉽게 포기하며 욕심 없는 척하고, 모든 불행에 대해 남 탓하는, 그런 사람들끼리 모여, 나물 먹고 물 마시는 안빈낙도의 위선 적 삶을 미화하는 데 익숙하다.

사자는 새끼들이 어느 정도 커지면 사냥하는 법을 가르치게 된다. 어미가 능숙하게 잡은 사냥감을 새끼들에게 산 채로 넘겨주는데, 새 끼들은 어처구니없게도 사냥감과 재미있게 놀기 바쁘다. 새끼들은 어 미에게서 사이 좋게 사는 법을 배우며 살았지 목숨을 걸고 상대의 목 숨을 끊는 법을 배우지 못했다. 보다 못한 어미는 살기를 띤 채 송곳 니를 드러내고 사냥감의 명줄을 끊어 죽인다. 새끼들은 덩치만 컸지 목숨을 걸고 상대를 죽일 수 있는 살기가 없다. 사람들은 이것을 헝그 리 정신이라 부르기도 한다.

어미의 보호 아래 있는 한, 새끼들은 아무리 배고파도 배고픔을 두 렵게 느끼지 못한다. 어미에 대한 의지함과 믿음이 있는 한, 배고픔이 곧 죽음이라는 공포를 알지 못한다. 어미는 이런 사실을 새끼들에게 아무리 이해시키려 해도 그것은 불가능한 일이라고 깨닫게 된다. 어 미는 자기의 살을 찢어내는 아픔을 감내하며 집단에서 새끼들을 쫓 아낸다. 먹고사는 기술을 터득하는 데 어미의 사랑은 장애물이다. 어 미의 무자비함만이 새끼들을 살게 하는 것이다. 천지불인天地不仁! 천지 (세상)는 우리에게 사사로이 어질지 않다는 말이다. 먹고사는 기술을 터득하는 데 왕도王道가 따로 없다. 벌거벗은 몸으로 세상과 부딪치며 몸으로 체득하는, 설명할 수 없는 절박한 삶 속에서 먹고사는 기술은 체득되는 것이다.

쫓겨난 새끼들은 광야에서 홀로 비바람을 맞고, 굶주림과 공포감을 견디며 사냥감을 기다린다. 사냥감을 만나지 못하면 며칠이고 굶주리다가 배가 등짝에 붙고 갈비뼈가 앙상하게 드러날 때, 비로소 자기가 지닌 힘보다 수십 배의 힘을 쏟아, 자기보다 훨씬 큰 사냥감을 공격하는데, 주저함이 없이 상대의 명줄을 끊어 놓는다. 먹고사는 기술은 굶주림과 두려움의 힘으로 홀로 터득하는 것이지 그것을 가르쳐 주는 스승이 따로 없다.

광야에서 산다는 것은 죽음과 함께 사는 것이다. 삶과 죽음의 경계 위에서, 늘 귀를 쫑긋거리며 깬 상태로 자고, 누군가를 죽여야 배고픔을 해결할 수 있기 때문에 배가 고플 때 살기를 드러낸다. 절체절명의 긴장 속에서만, 삶은 절실한 의미를 지닌다. 먹고사는 기술은 지식을 통해 얻어지는 것이 아니라 몸으로 부딪쳐 얻어지는 기술이다. 광야를 떠도는 맹수들에게서 우리는 먹고사는 기술을 배워야 할 것이다.

당신을 향한 기도

       박근혜 대통령! 우리 대통령님! 국민들 가슴마다 맺힌 그리움이 지쳐갈 무렵, 부활하신 예수가 우리 앞에 재림하듯이 당신은 우리들 속으로 오셨습니다. 12월 30일 밤, 우리들 속으로 오시는 길가에는, 삼성병원 주변부터 병동에 이르는 수백 미터에 수천 개의 화환이 당신의 오심을 축복하기 위해 줄지어 있었습니다. 매년 국경일과 연말연시가 다가오면, 맘 졸이며 풀려날 거라는 희망 고문을 되풀이하다가, 오늘에서야 카운트다운을 시작할 수 있게 되었습니다. 기쁨으로 꽉 찬 가슴은 터질 것만 같아 오랜 슬픔 속에 살아온 아픔이 일거에 씻겨 내리고 밤 12시를 훨씬 넘겨 늦게 잠들었지만, 단잠을 잘 수 있었습니다.

    당신께서 감옥으로 가신 후, 이 나라의 진실과 정의는 당신과 함께 감옥에 갇히게 되었습니다. 빛이 사라진 이 나라 강토는 어둠이 깔린 텅 빈 벌판, 광야로 변했습니다. 나무 한 그루, 풀 한 포기까지 숨쉬기를 멈춘 것처럼, 광야엔 침묵만 흐르고 있었습니다. 서울의 심장, 광화문은 배반의 겨울이 내려앉아 사람의 온기가 사라진, 낯선 거리로 변해 버렸습니다.

배반의 광화문 광장은 언제부턴가 촛불을 손에 든 낯선 사람들에 의해 점령당하게 되었습니다. 우리들의 젊은 시절, 그곳은 꿈과 낭만으로 가득 찼던 곳, 국제 극장과 아카데미 극장이 있었고, 데모를 할 때, 늘 우리들의 대오가 향하던 곳, 국회 의사당과 중앙청이 있던 곳이었습니다.

대학 3학년 때 처음으로 엘리베이터를 타 봤던 뉴코리아 호텔이 그곳에 있었고, 그 주위에 조선일보사와 동아일보사가 우뚝 서서 거짓과 진실을 가리고 정의가 불의를 이기는, 빛을 밝혔던 곳이기도 했습니다. 그 부근에 내가 다녔던 고등학교가 있었는데, 주위에 예닐곱 개의 여자 학교와 남자 학교가 옹기종기 모여 우리들을 지성으로 키워 냈던 곳, 이른바 아카데미아Academia의 거리였습니다. 그곳은 분명 우리들의 거리였고 땅이었습니다.

그런데, 광야로부터 외치는 소리가 들리기 시작했습니다. 광화문에서, 서울역 광장에서, 효자동 길에서, 세례자 요한의 외치는 소리가 들리기 시작한 것입니다. 그 소리는 잠들어있던 양심을 깨우는 외침이었습니다. 얼떨결에 대통령을 잃은 억울한 백성들이 모여들기 시작했습니다. 그들이 들고 있는 것은 몽둥이나 돌맹이가 아니라 한 개의 조그만 태극기가 전부였습니다. 태극기를 흔들며, 구름처럼 백만 인파가 모여서, 잃어버린 정의와 대통령을 되찾아야 한다고 외치는 것뿐이었습니다. 단상에 오른 연사들은 서두에 항상 "우리는 이겼습니다."

로 연설을 시작했습니다. 나중에서야 그 뜻을 알게 되었는데, 집회는 언제나 평화롭게 행진하는 것으로 끝을 맺었고, 그것으로 우리는 이긴 것이라고 스스로 위로하곤 했던 것입니다.

효자동 길엔 광야 교회가 생기고 노숙하는 사람들이 수백 명에 이르고, 어린이와 젊은 엄마들, 청년들 그리고 노인들이 철야 예배를 드리고 있었습니다. 어느 목사님은 큰소리로 간구하는 기도를 드렸는데, 그것은 기도라기보다 광야를 울리는 커다란 외침이었습니다. '우리는 여호수아의 군대들, 저 성벽을 무너뜨릴 것입니다. 여리고성아, 무너져라. 무너져라.' 가나안 땅에서 여호수아의 군대들은 여리고 성벽이 무너지는 기적을 얻었지만, 광화문에선 그런 기적이 일어나지 않았습니다.

노숙하며 기도하는 사람들 중엔 두 어린 아들을 데리고 나온 젊은 엄마가 눈에 띄었습니다. 늦가을 추운 날씨에 어린애들이 노숙하는 것을 걱정하는 사람들이 있었습니다. 그러면 젊은 엄마는 그분들에게 이렇게 대답하는 것이었습니다. "저는 지금 우리 아이들에게 나라 사랑 교육을 시키고 있답니다." 웃음을 띠며 부드러운 어조로 대답을 하고 있었지만, 그 결기는 단호했습니다. 부끄러움 위에 존경스러움이 더해져 그녀에게 정배라도 드리고 싶었습니다. 그 자리를 떠나면서도, 젊은 예쁜 엄마와 두 아들이 추운 늦가을 밤을 무사히 넘기게 해달라고 기도를 하며 효자동 길을 내려왔습니다. 마치 어둠 속을 걷다가 한 줄기 밝은 빛을 발견한 것처럼, 그때까지 암울하기만 했던 마음이 잠시나마 밝고 가벼워지는 체험을 하기도 했습니다.

매주 토요일엔 집회가 있었습니다. 지하철 안에는 나이 많은 사람으로 붐볐는데, 그들은 조그만 태극기와 물병이 들어있는 백팩을 메고 있었습니다. 경로석에 자리를 잡은 그들의 눈매는 하나 같이 곱고 착했습니다. 두세 시간 사람 구경하다가 집회가 끝나면, 함께 갔던 친구들과 파전에 막걸리 한 잔씩을 마셨습니다. 지친 몸을 전차에 싣고 집으로 돌아가는 길엔, 오늘 하루의 일을 복기해 보기도 했습니다. 나이 먹은 사람들은 빼앗긴 진실과 정의를 찾자고 간절히 외치는데, 그들이 낳아 기른 젊은 애들은 이런 사람들을 전혀 본체만체 제 갈 길로 바쁘게 지나쳐 가곤 했습니다. 한집에서 대립하는 두 개의 세상에 살고 있다는 슬픈 현실을 우리가 살고 있는 것 같았습니다.

'그리움은 아무에게나 생기는 것이 아닙니다.' 나보다 2년 선배인 분께 책을 보내 드렸더니, 그분에게서 카톡으로 문자가 왔습니다. "책을 받아 첫 페이지를 읽는데 눈물이 흘러내립니다." 그 눈물은 그리움을 밖으로 드러내는 말간 소리와도 같은 것, 그 선배님이나 나나 우리들의 마음속에 이미 당신의 얼굴을 그려 놓았던 것입니다. 그리움의 어원은 '그리다'라고 합니다. '그리다'에서 '글'과 '그림' 그리고 '그리움'이라는 명사가 생겨났다고 합니다. 글과 그림은 종이 위에 그리는 것이지만, 그리움은 '간절한 마음' 위에 그리는 것이랍니다.

누구나 어머니라는 말만 들어도 눈물이 주르르 흐른다고 합니다. 80을 바라보는 요즈음, 밤늦게 잠을 설칠 때면, 어머니를 생각하며 홀로 울 때도 있습니다. 내 맘속에 그려진 어머니는 그리움 그 자체입니다. 대통령께서 감옥으로 가신 날, 힘없는 우리들은 어머니를 여읜 설움만큼, 외롭고 가엾은 노인들이 되어버렸습니다. 젊은 애들이 당신을 욕하는 소리를 들으면, 분노와 슬픔으로 그 자리를 피하곤 했습니다. 여성 대통령을 갖게 해 주신 하느님의 축복이 우리 국민들에게 너무 과분했던 걸까요? 그렇습니다. 우리 국민들은 그렇게 과분한 축복을 받을 자격이 없었던 것 같습니다. '말씀이 육신의 옷을 입으시고 우리들 안에 은혜와 영광으로 영원히 계시는 것'처럼, 2021년 12월 31일, 당신은 진실과 정의로써 우리 가운데로 다시 오셨습니다. 우리와 함께 계시는 것만으로, 당신은 대한민국의 영원한 대통령이 되셨습니다.

님이 부활하신 날

오늘은 대통령님이 퇴원하시는 날, 5년 만에 처음 보는 님의 모습은 어떻게 변했을까? 유튜브 화면으로 병원 문을 나서는 님의 모습을 보기 위해 기다리는데, 왜 그렇게 마음을 졸였는지 모른다. 오랜 영어(囹圄)의 고초를 견디어 내느라, 국민과 마주할 때 늘 지니고 계셨던, 자비로운 미소가 사라졌으면 어떻게 하나? 5년간 쌓인 인간적인 고통, 배신에 대한 분노와 증오가 님의 그 자애한 엄마의 눈매를 맹수의 눈매로 바꾸어 놓았으면 어떻게 하나? 님의 한결같은 초연한 모습을 믿고 있지만, 물 한 방울만큼의 아주 작은 기우를 갖고 있었던 것이다. 나뿐만 아니라 그곳에 모여있는 몇몇 사람이 나와 같은 염려를 했을지도 모른다.

이윽고 몇몇 경호원이 앞서 나오고, 뒤를 이어 병원문을 나서 꼿꼿이 걷는 님의 모습은 건강해 보였고, 마스크 위에 자리 잡은 두 눈은 잔잔한 미소를 짓고 있었다. 그 눈길은 분명, 오랫동안 헤어졌던 자식들을 만나는 엄마의 눈길이었다. 그분에 대한 우리들의 믿음은 결코 빗 나가지 않았다. 잠시 길을 잃었던 어린애가 엄마를 찾은 감격과 안도감으로 울음을 터뜨리듯이 그곳에서 기다리고 있던 많은 사람이 울었다. 어떤 이는 소리 없이 눈물을 훔치고, 어떤 이는 목 놓아 울기도 했다. 나도 유튜브 화면을 들여다보며 뜨거운 눈물이 쏟아지는 것을 참을 수가 없었다. 기자들 질문에 아주 짧게, 그러나 아주 긴 이야기를 남기고 차에 올라, 다음 행선지인 현충원으로 참배를 떠나셨다.

참배를 떠나신 후, 조금 전에 보았던 님의 보일 듯 말 듯한 그 미소가 내 눈가에, 내 가슴속에 그대로 남아 있는 채로, 순식간에 여러가지 생각이 활동 사진처럼 머릿속에서 돌아가고 있었다. 본디오 빌라도의 법정에서 골고다 언덕까지 팔백 미터쯤 되는 길을 예수께서는 칠십 킬로그램이 넘는 십자가를 메고 걸으셔야 했다. 얼마 못 가서 쓰러지시자, 구경하던 흑인, '시몬 니게르'가 십자가를 대신 메어 주었다. 이 길을 가리켜 후에 로마 사람들은 고난의 길 또는 슬픔의 길이라는 뜻을 가진 '비아 돌로로사'라 부른다고 한다.

악마의 자식들이 TV 화면을 장악하고 하루 온종일 거짓말로 저주를 퍼붓고, 독사의 자식들은 여의도에 모여 죄를 만들어, 그걸 들고 안국동(헌재)으로 달려가 법복을 입은 빌라도에게 님을 탄핵해 달라고 울고불고했던, 가룟 유다보다 더 사악한 무리들의 이야기를 어찌 말로 다 헤아릴 수 있겠는가? 님이 걸으셨던 비아 돌로로사는 5년 동안 걸어야 했던 오랜 형극의 길이었다. 그러나 그 길은 부활의 길, 예수가 십자가에 못 박혀 죽음으로써 부활하셨듯이, 님은 5년간에 걸친 오랜 간난을 극복함으로써 우리들 안에서 부활하신 것이다.

일본 교토시 구석진 곳에 고류지廣隆寺란 절이 있다. 그곳에 일본 국보 제1호인 '목조 미륵보살 반가사유상木造彌勒菩薩半跏思惟像'이 있다. 고류지 입구의 안내문을 읽어 보면, 미륵상이 백제로부터 건너왔다고 적혀 있다. 한반도에서 자란 적송을 재료로 우리의 선조 목공이 깎아 만든 예술품이라는데, 불상을 볼 때마다, 나는 한반도 조국의 향수에 젖곤 했다. 미륵상의 얼굴엔 깊은 사유가 담겨 있으면서도 눈가에 드리워진 알 듯 모를 듯한 미소가 있다. 어떤 이는 이를 두고 모나리자의 미소와 비교를 하기도 한다. 모나리자의 미소에는 세속적인 인간의 감정이 묻어 있지만, 미륵상의 미소에는 언어로 표현할 수 없는, 인간을 해탈한, 오묘함이 있다는 것이다. 분명 눈가에 보일 듯 말 듯 미소를 지으며 꼿꼿이 걸어 나오는 님의 모습은 마치 석가모니 부처의 입멸 후, 65억 7천만 년 뒤에나 하생하실 거라는 미륵보살의 모습 그대로였다.

12시쯤, 대통령님을 맞이하기 위해 아침부터 사저 앞으로 모인 인파가 5천 명을 넘었다고 한다. 15분쯤 지나자, 사저에 도착한 대통령은 화동이 전하는 꽃다발을 받은 후, 아이를 꼭 끌어안았다. 몇 년 만에 맡아보는 착한 천사(아이)의 체취인가! 몇 년 만에 만나보는 착한 국민들의 얼굴이며, 함성인가! 님의 부활은 그렇게 착함 가운데서 이루어지고 있었다. 계획적으로 모여진 청중들이 아니라서 주위가 몹시 산만하고 시끄러웠다. 연설이 시작된 지 얼마 안 되어, 괴한이 대통령을 향해 소주병을 던지는 돌발상황이 벌어지기도 했다. 경호원들이 신속히 대통령을 에워싸고 온몸으로 막으며 괴한이 체포되면서 연설

회장은 정돈되었다.

잠시 후 "얘기가 끊어졌네요." 미소를 지으며 연설을 계속하는 대통령의 얼굴엔 당황하거나, 두려워하는 기색이 전혀 보이지 않았다. 오히려 "이곳으로 오시면 여생을 편안하게 모시겠다는 달성 주민들의 이야기를 듣고 나는 참 행복한 사람이구나 라고 생각했습니다." 이 연설 대목에서, 거기 모여있던 모든 사람은 눈물을 글썽이다가, 소리내어 울고, 통곡하며 울었다고 한다. 착한 국민들이 있어, 감옥에서도 견딜 수 있었고, 행복할 수 있었다고 하는 말씀을 들으며, 당신을 지켜드리지 못했던 우리들은 스스로 심한 자괴감에 빠져, 너나없이 울음을 터뜨렸던 것 같았다.

'시간은 걸리겠지만, 진실은 반드시 드러날 것입니다.' 5년 전, 님이 탄핵당하기 직전, 모 유튜버와 인터뷰할 때, 남긴 말씀이었다. 조그만 태극기와 물 한 병을 넣은 백팩을 메고 광화문 집회에 갔다가 돌아오는 길엔 늘 마음속에 그늘이 있었다. 집회가 끝나고 나면, 광화문 일대는 아무 일 없었던 것처럼, 사람들은 제 갈 길을 걸어가고, 서양 사람만큼이나 큰 키의 젊은 애들은 팔짱을 끼고 킥킥 웃으며 행복한 데이트를 즐기고 있었다.

백만 명 이상이 서울역, 남대문, 광화문 일대를 가득 메우고 외쳐대지만, 긴 시간 어둠 속에서 악마들이 쌓아 놓은 거짓의 산을 무너 뜨리기엔, 넓은 연못에 돌 하나를 던져 넣는 파장 정도로, 그 거짓의 산은 너무 첩첩했다. 하느님은 과연 계신가. 거짓과 위선이 판치는 지옥의 세상을 하느님은 보고 계신가. 나와 내 동무들은 눈과 귀가 어두워져, 악마의 날이 끝나도, 님이 오시는 것을 보지 못할 수도 있겠구나! 우리들은 깊은 절망의 늪에 빠져 있었다.

'그러나 5년 전 당신이 하신 그 말씀은 옳았습니다.' 지난해 연말, 어둠을 헤치고 님이 우리들 안으로 부활해 오심으로써, 님을 되찾은 우리들은 악의 끝을 볼 수 있겠다는 희망을 가질 수 있게 되었다. 정의와 진실은 반드시 거짓을 이기게 되어 있다는 믿음을 우리들에게 심어 주었던 것이다. 우리들은 모두 투표장으로 몰려갔고, 시니어들의 분노는 활활 타올라, 진실이 거짓을 무너뜨리는 드라마를 연출할 수 있었던 것이다.

님은 수감 생활 5년간, 1,200권의 책을 읽고 책 한 권마다 짧게 독후감을 적어 넣었다고 한다. 앞으로 그것들을 목록화하여 독후감 중심으로 책을 엮을 거라고도 했다. 우리들은 그분에게서 초인을 보며, 우리들에게 너무나 과분한 대통령이었다는 것을 새삼 깨닫게 된다. 그리운 어머니를 다시 만나는 것처럼, 온종일 유튜브 화면을 보고 또 보며, 오랜만에 내게 찾아온 행복한 하루를 만끽할 수 있었다.

기 다 림 없 는 슬 픔

유태표 수필가의 수필은 깊은 우물 속
에 맑게 솟아나 풍성한 수량을 저장하
는 언어의 깊이를 생성하고 있다. 때
로는 슬픔의 미학을, 때로는 잊히지
않는 저 먼 사랑의 미학을, 아름다운
자연의 미학을, 부모와 자식 형제들과
손자 아내를 향한 메시지로 무게를 더
하고 있다.

-「작품해설」중에서

때로는, 슬픔의 미학 속에서

때로는, 슬픔의 미학 속에서

지연희 | 전)한국여성문학인회 이사장

유태표 수필가의 수필은 깊은 우물 속에 맑게 솟아나 풍성한 수량을 저장하는 언어의 깊이를 생성하고 있다. 오랜 시간을 기업의 오너로 재직하다가 퇴직하여 시작한 수필 문학의 아름다움을 첫 수필집을 통해 취득하고 있다. 또한 '사실 체험'의 문학이자 사유의 깊이로 지평을 넓히는 수필 문학의 기본 정수를 유감없이 감당하고 있다.

글은 일반적 언어와 문학적 언어로 구분된다. 그럼에도 깊은 탐구와 의욕으로 불교 철학과 삶의 철학을 향하기에 수필 문학은 가볍지 않다. 때로는 슬픔의 미학을, 때로는 잊히지 않는 저 먼 사랑의 미학을, 아름다운 자연의 미학을, 부모와 자식 형제들과 손자 아내를 향한 메시지로 무게를 더하고 있다. 2020년 계간『문파』신인문학상으로 작가 활동을 시작한 유태표 수필가의 문학이 더욱 번창하기를 기대한다.

내 목구멍에 걸려서 입 밖으로 나올 수 없는 그것은 무엇인가 그것은 말로써 표현할 수 없는 마음인가 이심전심으로밖에 전할 수 없는 언어도단의 '눌訥'인가 지눌은 그 눌訥을 알아내기 위해 수행에 수행을 거듭했다. 그는 돈오점수頓悟漸修의 과정을 끊임없이 되풀이하는 평생의 수행 끝에 모든 분별의 앎을 내려놓고서야 마음眞心을 찾았다고 한다. 나야말로 지금까지 아이들에게 분별의 앎을 가르치고, 강요하고, 전달이 잘 되지 않으면 짜증을 내곤 했던 게 아닌가. 지눌은 진실한 깨달음證悟을 얻기 전 심한 알음알이痴로 시달렸다고 한다. 나도 지금 그 알음알이 병에 걸려 신음하고 있는 건 아닌지 모르겠다.

"강을 건넜으면 뗏목을 버려라."『금강경』에 나오는 말씀이다. 뗏목이 아까워 버리지 못한다면 영원히 강을 건너지 못할 것이다. 지눌은 내게 이렇게 속삭인다. "목구멍에 걸려 있는 것들을 굳이 뱉으려 하지 말게! 그걸 뱉는 순간 그것은 부처의 마음에서 멀어지기만 한다네. 그리고 타고 온 뗏목일랑 통째로 강물에 흘려 버리게. 자네가 만든 뗏목은 과거로 단절된, 이미 사라진 세상에서나 쓰였던, 지금 세상에서는 아무짝에도 쓸모없는 흉물로 남아 있다네. 아이들은 자기들만의 새 뗏목을 열심히 만들고 있네. 그 애들을 들여다보지 말고 멀리서 바라보시게나."

— 수필 「지눌」 중에서

만약에 우리들 세상에 죽음이 없다면, 삶이 있을 수 있을까? 뒤집어 말해 우리들 세상에 삶이 없다면, 죽음이란 현상이 존재할 수 있을까? 삶은 죽음이 그 존재 이유이고, 죽음은 삶이 그 존재 이유가 될 것이다. 이처럼 삶과 죽음은 서로를 존재하게 하는 상관성을 지니고 있다. 삶과 죽음의 관계는 서로 멀리 떨어져 있는 별개로서 두 개가 아니고, 하나의 생명체에서 벌어지고 있는 자연적인 현상일 뿐이다. 부처님이 임종하실 때, 사촌 동생이며 제자였던 아난다阿難陀가 서럽게 울었다고 한다. 부처는 아난다에게 울지 말라며 조용히 타이른다. "세상에 생명을 지닌 모든 것은 태어나 죽게 되어 있다." 그것은 자연 과학의 문제이지 슬픔과 기쁨의 문제가 아니라는 말씀이다.

"인간은 이유 없이 태어나 우연히 죽는다." 프랑스의 소설가이며 철학자인 장 폴 사르트르의의 말이다. 우리들은 모두 우리들의 의지와 상관없이 세상에 태어나져 얼마간 살다가 우연히 죽는다는 것이다. 우리들 주위엔 흔히 책상이나 걸상, 또는 볼펜이 있다. 이 사물들은 모두 존재 이유를 갖고 만들어져 세상에 나왔다. 존재가 형성되기 전에 본질이 먼저 형성되어 세상에 나온 것이다. 그러나 우리 인간들은 어떤가. 아무런 존재 이유 없이 세상에 던져지고, 스스로 존재 이유를 만들며 살아갈 수밖에 없다.

– 수필 「팔십을 앞에 두고」 중에서

유태표 수필가의 수필 「지눌」에서 지눌 선사를 처음 만난 것은 8년 전쯤 되었다고 한다. 회사 도서관 한 귀퉁이에 외롭게 꽂혀있던 한 권의 책을 만나게 된 인연이었다. 서울대 철학과를 졸업하고 '한국 불교 사상' 등 종교철학 서적을 집필한 교수이기도 한 길희성 작가의 「지눌의 선 사상」에 대한 각별한 관심을 두게 된 까닭이다. 지눌은 조계종의 창시자로서 유명한 돈오점수 설을 제창하였다. 유태표수필가는 법명 「지눌」에 대한 탐구를 통하여 선사상의 기조인 돈오점수의 기초단계인 해오解悟에 접근하게 된다. 지눌 선사의 돈오점수론은 '깨닫고도 수행을 더 해야 한다면 깨달을 것이 없는 경지에 이르는 과정이며, 더 이상의 수행이 필요하지 않을 정도의 거대한 깨달음이 진정한 해탈의 경지'라는 것을 주장하게 된다. 수필가의 관점은 부처가 죽음에 직면해서 제자들에게 말씀하셨다는 화두이다. "나는 깨달음을 얻은 후 지금까지 단 한 마디의 말도 하지 않았다"는 것이다. 깨달음의 가치와 깨달음의 정의正義도 해체하여 무위無爲에 이르는 수행을 스스로에게 질문하고 있다는 생각이다. 말이 입속에 갇혀있는 형상의 형벌과도 같은 거대한 수행이다. 돈오점수의 과정을 끊임없이 되풀이하던 지눌도 평생의 수행 끝에 모든 분별의 앎을 내려놓고서야 마음眞心을 찾았다고 한다.

生과 死는 오늘 이 순간에도 지구촌 그 어느 지역에서나 기쁨으로 슬픔으로 순환되고 있다. 이 신비로운 시작과 끝은 그리움과 축복의 시그널을 지시받게 된다. 무심히 성장하고 삶의 희로애락을 거듭하다 보면 왜 무엇이 우리의 질벅한 인생살이에 꽃을 피워내고 절벽 끝으로 밀어내는지를 터득하게 한다. '아기가 생명을 받아 세상에 태어나면, 사람들은 그 탄생을 삶의 시작이라고 축복한다. 그러나 그 아이가 태어나 하루하루 사는 게 자신에게 주어진 한정된 삶을 깎아 먹고 있다는 것을 알게 된다면 그것이 축복받고 기뻐해야 할 노릇만은 아닐 것'임을 예감하게 된다. 까닭에 욕망의 유전자를 이어받은 인간의 끊임없는 욕심이 하루하루 내일을 희망하며 삶을 붙들고 살아내려 애를 쓰는 것이다. 어제 죽은 사람이 그렇게 갈구하는 것은 오늘 우리가 살고 있는 시간이었다고 한다. 세상에 존재한다는 것은 절대적 축복인 것이다. 생명을 지닌 모든 것들은 죽음에 이르는 시간 속의 존재이기 때문이다. 수필 「팔십을 앞에 두고」의 작품은 최선을 다하여 삶의 역사를 이룩한 한 인물의 거룩한 반추이지 싶다. 전장에 나아가 승리의 깃발을 휘날리며 돌아온 용병의 자태와 다름없다.

　가을이 내게 더듬어 보라고 속삭이던 기억 중에 하나는 수수愁愁라는 것이었다. '고작 칠십 생애의 희로애락을 싣고 각축하다가 한 움큼 부토로 돌아가는 것이 인생이라 생각하니 의지 없는 나그네의 마음은 암연히 수수愁愁롭다.' 마의태자의 무덤 앞에서 산정무한은 이렇게 끝을 맺는다. '수수롭다'라는 말뜻에 대하여 선생님은 우리들에게 어떻게든 설명해 주셨으리라 생각한다. 수수를 한자로 쓰면 가을 秋 밑에 마음 心을 쓴다. 가을의 마음, 근심할 '愁'이다. '수수롭다'의 사전적 의미는 '마음이 서글프고 산란하다'인데 가을의 마음, 근심에서 연유했을 것이다.

　수수는 늘 내 가슴속에서 숨 쉬고 있었고 가을이 되면, 알 듯 모를 듯, 으레 수수와 숨바꼭질 놀이를 하곤 했다. 그럼에도 불구하고, 수수의 정체에 대한 나의 의문은 여전히 가을이 짙어지면, 선승들의 마음속에 숨겨진 화두처럼 나의 가슴속에서 뭔가를 기다리며 가만히 숨쉬고 있는 것이다. 어느 때는 슬픔처럼 어느 때는 그리움처럼 또 어느 때는 홀로 서 있는 불안처럼, 감기 몸살처럼, 그리운 어머니처럼, 그러면서도 이 세상의 언어로서는 도저히 표현할 수 없는, '수수'는 내게 던져진 영원한 화두인 것 같다.

– 수필 「수수愁愁」 중에서

　　　　　　　　　　　　　　　　　유태표 수필집 | 기다림 없는 슬픔

우리의 몸은 시시각각 세포들의 생성과 소멸의 과정, 그 자체인 것이다. 우리의 몸은 어떤 모습으로 고정되어 있는것이 아니라, 세포들의 가합적 집적체로서 생성 소멸을 지속적으로 되풀이하는, 일정한 시간 속에서의, 변화의 과정인 것이다. 가합이란 말은 임시적으로 합해졌다는 뜻이고 집적이란 말은 모여서 쌓였다는 뜻이다. 순간순간, 생성 소멸하는 가운데 가합 집적이 일어나기 때문에 어느 순간의 가합 집적이 '나'일 수 있는지 알 길이 없다. 나는 어디에 있는가.

우리가 찾고 있는 '나'라고 하는 것은 처음부터 그 자성自性이 없다고 하는데空, 어느 때는 그것을 깨달으며 어느 때는 그것을 착각하며 살아가는 게 우리네 인생인 것 같다. 자성이 없다는 것을 깨달았다면無我, 그것我에 집착할 까닭이 없어지겠지만, 욕심과 집착 없는 삶이 우리 같은 필부들에게 가당키나 한 것일까. 무아의 삶을 살라고, 무아로서 우리의 삶을 뮤을 수는 없디. 무아는 무아 이고 삶은 삶이다.

– 수필 「무아와 삶」 중에서

수필 「수수愁愁」를 감상하다 보면 낙엽 떨어져 내리는 깊은 가을의 정취를 연상하게 된다. 플라타너스 나뭇가지에서 우수수 떨어져 포도에 뒹구는 낙엽의 몸짓이 클로즈업된다. 공연히 외롭고 쓸쓸한 마치 세상 한가운데에 홀로 서 있는 아픔으로 분리되는 것이다. 그러나 이는 낙엽의 초상肖像이다. 손바닥보다 큰 낙엽의 처연한 몸짓이 낙엽귀근落葉歸根의 순리를 이어가는 순환 고리이다. 수수愁愁롭다는 '가을의 마음'이며 붉은 단풍의 한 시절을 정중히 이별하는 아름다움이다. 이처럼 순연하고 가슴 깊은 사유의 화두를 주제로 조명해 준 유태표 수필가의 기다림의 공력을 높이 사지 않을 수 없다. '마음속에 숨겨진 화두처럼 나의 가슴속에서 뭔가를 기다리며 가만히 숨 쉬고 있는 것이다. 어느 때는 슬픔처럼 어느 때는 그리움처럼 또 어느 때는 홀로 서 있는 불안처럼, 감기 몸살처럼, 그리운 어머니처럼, 그러면서도 이 세상의 언어로써는 도저히 표현할 수 없는 '愁愁'는 내게 던져진 영원한 화두인 것 같다.'고 정의한다. 수수愁愁는 홀로 가슴에 짓는 아름다운 마음이다. 어떤 이유로도 설명할 수 없는 마음의 울림임을 필자는 화두로 남기고 있다.

한 생명이 세상에 태어나 숨을 쉬는 순간부터 그의 삶은 각자의 운명적인 숙명에 의하여 한 생을 살아내는 게 인생이다. 수필 「무아와 삶」은 '일체의 존재에서 나라고 할 만한 것이 없다'는 '無我'의 깨달음과 보편적인 '我'의 삶을 이분하여 들여다보는 인생의 내력이다. 인간의 삶은 기묘하게도 욕망의 그늘 속에 빠져 손을 뻗는 욕심으로 선과 악의 중심에서 양팔을 내놓는 시험에 드는 것이다. 깨달음은 혹독한 사치의 산물이 되고 만다. '우리가 찾고 있는 '나'라고 하는 것은 처음부터 그 자성自性이 없다고 하는데空, 어느 때는 그것을 깨달으며 어느 때는 그것을 착각하며 살아가는 게 우리네 인생'임을 이 수필은 깊은 사려로 독자를 공감하게 한다.

봄은 소리 없이 한 번에 몰래 오는 것 같다. 마치 숨죽이며 걷는 고양이처럼, 누구의 눈에도 띄지 않는 곳에 웅크리고 있다가 날랜 한 번의 동작으로 그 모습을 드러낸다. 창밖으로 보이는 만개한 벚꽃은 내 눈을 의심하게 한다. '아니 벌써' 그러기가 무섭게 간밤에 바람이 몰고 온 봄비를 맞았는지 꽃잎들은 땅에 떨어져 나뒹구는데, 김영랑 시인은 이런 봄을 가리켜 '찬란한 슬픔의 봄'이라 표현했다.

살을 저미는 것 같은 한 겨울 추위에도 서둘러 입춘대길立春大吉을 대문에 써 붙이고 기다린 봄이 아닌가! 봄을 기다리는 마음은 생명을 지닌 모든 것들이 스스로 살아 있음을 신명神明으로 깨우치는 것이기 때문에 더욱더 절실한 것이 된다. 얼떨결에 '봄을 여읜 설움'도 잠깐, 삼백예순 날을 다시 기다리며 또 다른 나의 새봄을 꿈꾸게 될 것이다. (…) 봄은 계절의 시작이고 시작은 항상 희망을 품고 있다.

– 수필 「나의 봄」 중에서

동영상으로 만나지만, 막냇손자 놈이 쫑알거리는 소리와 내년에 중학교 입학시험을 앞둔 손녀딸이 내게 뭔가를 설명해 주는 이야기를 들으며, 나는 봄의 형상을 본다. TV에 뜨는 자막을 쫓아가기 힘들어지는 것처럼, 그 아이들이 말하는 속도를 쫓아가기가 힘들어진다. 뻔한 얘기들이긴 해도 지난번에 못 했던 얘기들을 기억해 내며 설득하려 하지만, 단답형으로 대답할 뿐 별로 감흥이 없는 것 같다. 칠십 년 전에 나의 할아버지가 내게 하셨던 말씀을 나는 어떻게 들었을까. 지금 손자들에게 말하고 있는 나의 언어는 이미 현재로부터 단절된 내 기억 속에 남아 있는 과거의 언어일 뿐이다.

꽃이 피어서 봄이 왔는지 봄이 되어서 꽃이 핀 건지 어느 것이 맞는지 모르겠다. 사람들은 벚꽃이 핀 것을 보고 봄이 왔다고 반가워한다. 그러나 노인이 된 나는 벚꽃을 보고 봄을 느끼기보다 무상이라는 형상을 바라보며 허망함을 느끼게 된다. 비바람에 떨어진 꽃잎

들이 길가에 흩어져 날리는 것을 보면 모든 게 스산해져 외투를 껴
입었는데도 추워서 몸을 움츠리게 된다. 이렇듯 하루 이틀간의 피고
지는 벚꽃들의 허망을 보며 노인들의 마음은 서글퍼진다. 모든 생명
은 그것이 아이들이건, 청년들이건, 심지어는 팔십 줄에 들어선 노
인이건 누구에게나 봄은 기쁨이고 희망이어야 할 것이다.

– 수필 「시간, 그 지속과 단절」 중에서

'봄은 소리 없이 몰려오는 것 같다. 마치 숨죽이며 걷는 고양이처럼 누
구의 눈에도 띄지 않는 곳에 웅크리고 있다가 날랜 한 번의 동작으로 그
모습을 드러낸다. 창밖으로 보이는 만개한 벚꽃은 내 눈을 의심하게 한
다.'는 수필 「나의 봄」의 도입부이다. 소리 없이 피어난 벚꽃의 만개가 화
자의 시각에 담겨 놀라운 경이로움을 보여주고 있다. '숨죽이고 걷는 고
양이처럼' 벚꽃은 누구의 눈에도 띄지 않는 곳에 웅크리고 있다가 아름다
운 꽃을 드러냈다'는 것이다. 이 수필의 강점은 꽃은 고양이가 되어 주위
를 경계하다가 또한 '날랜' 한 번의 동작이라는 몸짓을 통하여 아무도 모
르는 경이로운 꽃을 피워낸 것이다. 풍부한 감성으로 시인의 안목을 풀
어내고 있는 수필 「나의 봄」은 영원한 봄으로 피어날 것이라 믿고 있다.

'세월이 쌓인 만큼, 노련하고 지혜로운 늙은이로 젊은이들에게 사표師
表가 되고 싶은데, 세대 시간적 단절은 깊어지고 시멘트처럼 굳어져 간다.'
는 수필의 내력은 손자 손녀들에게 보여줄 내가 쓰는 언어가 과거의 언
어로 단절되는 것뿐이며 내가 전혀 다른 세상에 고립되고 있는 건 아닌

유태표 수필집│기다림 없는 슬픔

지, 그것을 두려워하는 모습이다. 수필 「시간, 그 지속과 단절」은 나이가 들면서 아이들은 급격히 성장하고 어른들은 급격히 늙어가고 있는 지속과 단절의 아픔을 말하고 있다. 이 엄존한 시간의 굴레에서 시들어가는 노래는 세대 간의 불협화음이다. 하루가 다르게 변하는 신세대 기계화의 혁명인 노트북에서부터 이것이 없으면 하루도 견딜 수 없다는 핸드폰으로의 진화로 어른들의 소통은 더 멀어지는 까닭이다. 이제는 AI라는 거대한 존재가 인간의 행동을 답습하더니 급기야 사람이 하는 모든 일들을 대신하고 있다. 손녀와 손자는 점점 더 먼 거리에서 바라보는 상황일 수 있어 안타까운 일이다. '비바람에 떨어진 꽃잎들이 길가에 흩어져 날리는 것을 보면 모든 게 스산해져 외투를 껴입었는데도 추워서 몸을 움츠리게 된다.'는 허망처럼.

아이들이 모두 떠난 뒤, 호텔 방에 홀로 남아 이런저런 생각에 빠져 있었다. 지금까지 살아오면서 내가 지은 업들 가운데 선업은 얼마이며, 악업은 얼마일까. 그 업들은 어디에 얼마나 저장되었다가 언제 현행現行하게 되는 것일까. 제발 바라노니, 악업들은 모두 내 생전에 내가 씻어 내거나, 내가 모두 감당해서 그 고통을 내가 지고 갔으면 좋겠다고 생각했다. 내 대에서 윤회의 고리가 끊어져 내 아들 내 손자들이 내가 지은 업으로부터 자유로웠으면 좋겠다. 그러자면 불교적 수행이 필요할 텐데 나는 수행을 해 본 적이 없다. 부처는 수행을 통해 윤회의 고리를 끊으라고 한다. 이를 어찌할지 책 몇 권 읽고 그것을 갖고 아는 체를 해 왔는데, 그것도 알고 보면 악업일 뿐이었다. 오늘도 변함없이 나라고 하는 티끌은 윤회의 강에 던져져 허우적거리며 흘러가고 있다. 나의 아내도 흘러가고, 아들과 딸도, 그리고 손자 손녀들도 흘러가고 있다.

- 수필 「나와 손자, 그 윤회의 고리」 중에서

고독한 군중 속에 하나가 되기에는 나는 너무 늦었고, 그런 모임에 가서 한 귀퉁이 자리를 메우다 집으로 돌아오는 것은 내가 꿈꾸던 은퇴 생활이 아니었다. 물론 내게도 관성 비슷한 것이 있었지만, 일흔을 넘는 나이에 여기저기 기웃거리는 꼴이 너무 싫었다. 병치레가 있어서 병원에 가는 것을 빼고는 외출할 일이 거의 없다. 만나기 싫은데 만나야 하는 고통으로부터 해방이 된 것은 마치 내가 진정한 자유를 얻은 것만큼 행복하다. 몇 개의 모임에도 전혀 발길을 끊었더니 이제는 내가 안 나오려니 한다.

나야말로 은퇴隱退란 글자 그대로 '물러나 숨는' 모습이 되었다. 그 대신 단국대학교에서 이해가 부족했던, 칸트와 쇼펜하우어에 대해 동영상으로 집에서 공부를 하고 있다. 집 부엌에서는 내가 하는 일이 능숙해져서 점심 설거지뿐만 아니라 점심 요리를 맡아서 하고, 일찍 일어나는 날엔 아침 식사 준비를 하기도 한다. 그것은 나의 쉽고 재미있는 놀이라고 생각한다. 나와 아내는 이제 군중들을 떠나 고독한 하나로 고립되어 가고 있다.

- 수필 「혼자서 가는 길」 중에서

수필 「나와 손자」는 혈육으로 이어진 깊은 인연으로 하나의 일체이면서 윤회의 끈으로 이어진 숙명을 지니고 있다. 나는 너이며 영원히 저

버릴 수 없는 대대손손의 혈육임을 버릴 수 없는 고리로 묶여 있는 것이다. 다만 오늘의 '손자'는 함께 살지는 않지만 할아버지의 극진한 사랑 안에서 성장하고 있다. 일본에 사는 손자들을 만나기 위해 호텔에 체류하였다가 썰물처럼 빠져나간 아이들을 보내고 허전한 마음으로 궁리하고 있다. '아이들이 모두 떠난 뒤, 호텔 방에 홀로 남아 이런저런 생각에 빠져 있었'다는 것이다. '지금까지 살아오면서 내가 지은 업들 가운데 선업은 얼마이며, 악업은 얼마일까. 그 업들은 어디에 얼마나 저장되었다가 언제쯤 현행現行하게 되는 것일까. 제발 바라노니, 악업들은 모두 내 생전에 내가 씻어 내거나, 내가 모두 감당해서 그 고통을 내가 지고 갔으면 좋겠다'고 생각했다. 깊은 공력을 통한 절실한 기도여서 손자들을 향한 사랑의 깊이를 가늠할 수 있었다. 가계를 이어갈 손자들을 향한 할아버지의 극명한 사랑이다.

　사람은 누구나 고독이라는 병을 가슴 한자리에 묶어 두고 살고 있다. 홀로 서 있는 침묵 속에서의 슬픔이다. 무언가 잊은 듯하고 무언가 쓸쓸한 허전함을 알게 된다. 시인 류시화는 그대가 곁에 있어도 그대가 그립다는 시를 썼다. 고독은 잠시 스쳐 가는 바람이며 수시로 다가서는 질병이다. 수필 「혼자서 가는 길」은 '집 부엌에서는 내가 하는 일이 능숙해져서 점심 설거지뿐만 아니라 점심 요리를 맡아서 하고, 일찍 일어나는 날엔 아침 식사 준비를 하기도 한다. 그것은 나의 쉼이고 재미있는 놀이라고 생각한다.'는 것이다. 아내 대신 아침을 준비하고 설거지를 하고 점심 요리를 하는 일과는 다정다감한 일이며 아름다운 노년의 삶이라는 것이다. '나와 아내는 이제 군중들을 떠나 고독한 하나로 고립되어 가고 있다.'는 이 한 문장은 둘이어서 어떤 고독도 피해 갈 수 있다는 의지를 보여주게 된다.

나는 시간으로부터 쫓겨난 사람, 무리에서 쫓겨난 늑대처럼 외롭고 불안하다. 시간 안에서 남들이 하는 대로 먹고 자고 싸면서 하루하루를 보내던 때가 그리워진다. 그러나 다시는 돌아갈 수 없어 슬픈 한 마리 늑대가 되었다. 밤늦도록 불을 켜놓고 함께 일을 했던 내 동무들, 지친 몸으로 집에 돌아오면 나를 반기던 아내와 아들딸은 모두 어디로 갔나. 흰색 블라우스에 곤색 스커트를 입었던 그 여학생은 지금쯤 무슨 색깔의 옷을 입고 있을까. 내가 짝사랑했었다는 사실을 알고나 있을까. 영광의 날들을 쌓고 쌓으면서 여기까지 왔다고 자랑하던 때가 바로 엊그제였는데 그것들은 모두 허무한 신기루였던가. 아니면 슬픔의 업으로 남아 홀로 있게 된 나를 위로하고 있는 것인가.

아름다움의 뒤엔 슬픔이 있는 것, 슬픔 뒤에는 또 슬픔이 있다. 슬픔이라는 넓은 도화지 위에 조그맣게 성취와 영광이 점의 크기만큼 그려져 있는 것이다. 짧은 영광과 성취의 시간이 끝나면 긴 슬픔의 시간이 기다리고 있게 마련이다. 그 짧은 순간들을 얻기 위해 앞만 보고 달리다가 어느 날 문득 내가 슬픔의 바다 위에 불안스럽게 떠 있다는 사실을 알게 되었다.

　　　　　　　　　　　　　　　　　　　– 수필 「슬픔에 대하여」 중에서

내 친구 중에 이발관 집 아들이 있었는데 동네에서는 제법 크고 깨끗한 곳이라 다른 곳보다 값이 좀 비쌌지만, 그 친구 아버지는 아

　　　　　　　　　　　　　　　　유태표 수필집 | 기다림 없는 슬픔

들 친구인 우리들에게 특별히 싸게 해 주었다. 그 이발관의 벽에도 어김없이 액자가 걸려 있었다. '삶이 그대를 속일지라도 슬퍼하거나 노하지 말라. 슬픔의 날 참고 견디면 기쁨의 날 오리니 마음은 미래에 살고 현재는 늘 슬픈 것 모든 것은 순간에 지나가고 지나간 것은 다시 그리워지나니.' 푸시킨의 이 시詩는 당시 열여섯 살인 나에게 잔잔한 감동을 주었다.

슬픔은 우리 인간만이 갖고 있는 다른 동물들과 구별되는 인간다움의 표현일 수도 있다. 인간다움이란 어떤 것일까? 인간들은 스스로를 진실하고眞 착하고善 아름답고美 존엄하게尊 그리려 애쓴다. 우리는 그것을 휴머니즘이라고도 부른다. 그러나 인간다움은 우리 인간들이 도달하려는 지향점이지 인간다움이 곧 인간의 모습은 아닌 것이다. 인간의 참모습은 어떻게 보면, 反인간다움일 수도 있다. 그럼에도 불구하고 인간다움의 옷을 구하기 위해 평생을 허비하며 살다가, 죽을 때가 되어서야, 아! 모는 게 허업虛業이었다고 뇌뇌며 떠날 수밖에 없는 우리는 슬픈 존재인 것이다.

– 수필 「기다림 없는 슬픔」 중에서

'나는 시간으로부터 쫓겨난 사람, 무리에서 쫓겨난 늑대처럼 외롭고 불안하다.'는 수필 「슬픔에 대하여」의 첫 문장이다. '나는 시간으로부터 쫓겨난 사람'이라는 크나큰 명제를 제시하는 이 문장이 시사하는 의도는 이제 나는 그 무엇도 할 수 없는 무리 밖의 무력한 사람이라는 사실을 공표하고 있다. 최선을 기울여 평생 동안 다듬어 일해오던 직장이라는 '무리에서 쫓겨난 늑대처럼 외롭고 불안한' 것이다. 시간은 일상 속에 움직이는 모든 대상을 순간순간 관장하고 있어 '시간으로부터 쫓겨난 사람'의 불안한 슬픔은 이해하려 하지 않는다. 밤늦도록 불을 켜놓고 함께 일을 했던 동무들이 지친 몸으로 집에 돌아오면 나를 반기던 아내와 아들딸은 모두 어디로 가 버리고 없다고 한다. 속절없이 흘려버린 세월의 흐름 속에 갇혀 있던 까닭이다. '짧은 영광과 성취의 시간이 끝나면 긴 슬픔의 시간이 기다리고 있게 마련이다. 그 짧은 순간들을 얻기 위해 앞만 보고 달리다가 어느 날 문득 슬픔의 바다 위에 불안스럽게 떠 있다는 사실을 알게 된' 순간을 유태표 수필은 적나라한 필체로 조명해 주었다. 짧은 영광과 성취의 아름다운 시간 위에서.

수필 「기다림 없는 슬픔」은 아무도 나에게 관심을 두지 않고 기다려도, 거듭 기다려도 나를 찾지 않는 견고한 고독의 슬픔이다. 삶은 누군가와 함께 눈을 맞추는 과정 속에서 꿈을 키우고 꿈을 성취하는 의지로부터 공통의 기쁨으로 내일을 기약하게 된다. 그러나 이 마르고 마른 나무거죽처럼 슬픈 '기다림 없는 슬픔'과 같은 아픔에 대하여 러시아의 시인 알렉산드르 푸시킨은 전 세계적인 반향을 일으킨 명시를 발표했다. '삶이 그대를 속일지라도/ 슬퍼하거나 노하지 말라/ 슬픈 날을 참고 견디면/ 즐거운 날이 오고야 말리니// 마음은 미래를 바라느니/ 현재는 한없이 우울한 것/ 모든 것 하염없이 사라지나/ 지나가 버린 것 그리움이 되리니' 두 연의 시를 통하여 '기다림 없는 슬픔'은 언젠가는 아름다운 그리움으로 남을 것이라는 기대를 하게 된다. 유태표 수필가는 열여섯 어린 시절 친구

아버지 이발관의 벽에 어김없이 걸려 있던 푸시킨의 시를 감상하며 잔잔한 감동을 느끼게 되었다고 한다. 슬픔은 어느 날 나도 모르게 연기처럼 사라질 수 있다는 것이다.

기다림 없는 슬픔

유태표 수필집

기다림 없는 슬픔

유태표 수필집